GW01388434

CANNIBALES

RÉGIS JAUFFRET

CANNIBALES

roman

ÉDITIONS DU SEUIL
25, bd Romain-Rolland, Paris XIVᵉ

ISBN 978-2-02-130995-9

© Régis Jauffret et les Éditions du Seuil, août 2016

Le Code de la propriété intellectuelle interdit les copies ou reproductions destinées à une utilisation collective. Toute représentation ou reproduction intégrale ou partielle faite par quelque procédé que ce soit, sans le consentement de l'auteur ou de ses ayants cause, est illicite et constitue une contrefaçon sanctionnée par les articles L. 335-2 et suivants du Code de la propriété intellectuelle.

www.seuil.com

Chère Madame,

Geoffrey a dû vous faire part de ma décision et venir pleurer dans votre giron. Vous devez vous sentir beaucoup plus mal que moi. Je ne voudrais pas que votre tension fasse un bond comme à la Toussaint dernière. Comment vous expliquer à quel point je serais chagrine de vous savoir toute seule aux urgences ?

À votre âge vous savez sans doute que les amours sont des ampoules. Quand elles n'en peuvent plus de nous avoir illuminés, elles s'éteignent. Il serait sot et vain de vouloir leur ouvrir le ventre pour tenter de les ranimer. Autant chercher à réparer un coucher de soleil au lieu d'accepter la nuit et attendre l'aube du lendemain.

Soyez sereine, nous ne souffrons pas. C'est pour rire que nous avons fait semblant de nous aimer. Pas aux éclats, doucement comme on se moque de quelqu'un dans son dos. La plaisanterie de l'amour, ce théâtre de marionnettes où tel Guignol dans la femme l'homme donne du bâton.

Je ne peux me passer de la perspective d'aimer. Plutôt circuler de main en main, jouer les mistigris, les évaporées, que soliloquer dans le vestibule et regretter en sortant de ma douche que seul le grand miroir du lavabo puisse se vanter de m'avoir vue nue depuis l'avant-veille.

Le malheur de tourner dans cet appartement à la recherche d'un coin où je me sente à l'abri. Je regarde le chevalet en passant. La palette et les pinceaux me font peur. Je préfère ignorer ce que je peindrais si je me remettais à peindre. J'ai une amie qui m'a proposé de monter une galerie avec sa cousine germaine. C'est baisser les bras quand on est peintre de se faire commerçante en tableaux. Je devrais devenir actrice. J'ai toujours rêvé d'être chanteuse d'opéra mais avec ma voix fluette ce serait jeter l'argent de prendre des leçons.

J'ai entendu parler du beau temps qui régnait ce matin à Cabourg. La température est douce, vous vous êtes sûrement décidée à sortir pour en profiter avant l'heure du déjeuner. Pendant que vous cheminez sur la promenade Marcel-Proust, je me demande si je ne vais pas découcher.

Je n'aime désormais plus mon lit, il me rappelle Geoffrey et sa manie de tirer la langue en rêvant. J'ai un petit grenier mais comment le fourrer là-haut ? La trappe est trop étroite. De toute façon il faudrait des courroies, des poulies et deux solides gaillards pour les manipuler. Il vaut mieux n'y plus penser et m'exiler pour la nuit. Je me roulerai dans une couverture sur la banquette de la vieille camionnette de l'épicier maghrébin du coin de la rue dont les serrures des portières sont mortes.

Tout vaut mieux que rester dans cet appartement. Je n'ai pas envie d'entendre votre fils sonner comme un beau diable à trois heures du matin. Les hommes ne savent pas mâcher les ruptures et les avaler sagement comme une bouillie.

Vous recevrez ma lettre demain. En l'ouvrant, vous entendrez la pluie tomber sur votre terrasse. Profitez aujourd'hui du beau temps, après cette journée radieuse vous subirez une semaine d'intempéries. Les ordinateurs des stations météo du monde entier sont en réseau depuis l'an dernier. Les météorologues ne se tromperont jamais plus.

Je doute que depuis notre dernière rencontre vous vous soyez initiée aux joies de la communication numérique. Après le piratage dont je fus victime au printemps, je suis quant à moi revenue à l'encre et au papier. Je compte sur la paresse des postiers pour s'abstenir de scanner les missives afin d'en faire profiter les réseaux avides de pomper toute l'intimité du monde.

Si vous me le permettez, je vous embrasse. Je comprends très bien qu'à présent vous me détestiez. Dans ce cas, je disparais avec ma lettre que vous venez de jeter à la corbeille.

Noémie

Chère Noémie,

Ne changez pas le lit de place, Geoffrey m'a dit le plus grand bien de l'estrade où vous l'avez posé. Vous avez vue panoramique sur cette grande pièce qui d'après le cliché que vous m'avez montré ressemble à un paysage campagnard. J'aime toutes ces fleurs, ces plantes vertes, ce lierre qui grimpe aux murs et la belle moquette émeraude que vous avez choisie avec lui.

À votre âge j'étais comme vous. Lorsque Poutine rentrait le soir il ne reconnaissait plus la maison. J'avais remué les commodes, la table de la salle à manger stationnait au milieu de son bureau, la télévision sur une marche d'escalier, j'avais transformé le salon en une chambre immense très épurée où Geoffrey tournoyait sur un tricycle en poussant des cris d'Indien.

Oui, mon mari avait pour prénom Poutine et il a ignoré jusqu'à la fin de sa vie que les Russes en avaient fait un patronyme. Quand il est mort, je me suis installée dans ce petit logement. À quatre-vingt-cinq ans, je ne bougerai plus d'un cil. Les meubles resteront jusqu'à mon décès à la place exacte où les déménageurs les ont déposés. Avec mon ostéoporose, j'ai même parfois du mal à avancer ma chaise pour mettre les pieds sous la table.

Je ne sais de quelle décision vous parlez. Je suppose que Geoffrey ne vous offre jamais de fleurs. Les hommes fidèles ne font pas de cadeaux. Attendez pour pleurnicher le jour où il vous couvrira de lys et de roses. Vous n'aurez pas toujours vingt-quatre ans, la vieillesse vous fera peut-être mettre un genou en terre dès avant la trentaine. Mon fils est humain, il attendra la dernière extrémité pour vous tromper.

Je ne saurais trop vous conseiller de l'aimer, les Geoffrey ne courent pas les rues. L'amour est comme l'argent, on peut être heureux dans la ruine mais l'opulence ne nuit pas au bonheur. On ne perd rien à vivre passionnée, à attendre un homme qui vous attend aussi, à échanger avec lui des promesses, des rêves, belle monnaie frappée au coin de ce sentiment décrié par les chevaux de retour des idylles qui ont capoté.

Je ne comprends pas pourquoi vous éprouvez le besoin de m'écrire. Nous ne nous sommes vues que deux fois. Vos histoires ne me regardent pas. Je ne voudrais pas que Geoffrey s'imagine que nous complotons. J'ai fait réaliser une photocopie de votre lettre par ma femme de ménage, il en aura pris connaissance à l'heure où vous lirez ces lignes. Je comprends d'avance sa colère. Ce n'est pas un garçon violent, il vous suffira de vous montrer chatte pour vous faire pardonner.

Cabourg connaît une journée magnifique. Votre passion pour la météo est absurde. Croyez en Dieu au lieu d'ajouter foi à ces nigauderies. Geoffrey ne veut pas d'enfant mais ce n'est pas une raison pour perdre vos journées à spéculer sur l'état du ciel. La peinture n'est pas un métier. Vous êtes obsédée par le beau temps alors que mon fils devrait suffire à vous ensoleiller.

J'espère vous voir cet été avec un petit chien. Vous avez besoin de pouponner. Une bête vit quinze ans quand on n'est pas obligé de la faire piquer bien avant. Avec un bébé on n'en finit plus. À cinquante-deux ans, Geoffrey n'est plus aussi jeune qu'avant et il me cause encore du souci. Vous avez de la chance qu'il vous épargne l'épreuve d'être mère.

Je vous prie de faire en sorte que votre prochaine lettre ne m'arrive jamais. Abstenez-vous donc de l'écrire, le tour sera joué.

Jeanne

Chère Madame,

Je vous prie de me pardonner de vous avoir écrit. Je ne sais que trop combien les mots sont désagréables à entendre et surtout à lire car l'œil doit prendre la peine de les déchiffrer. Ils éclatent ensuite dans la tête comme des mines antipersonnel, estropiant à l'occasion certaines de nos pensées. Vous devez avec raison préférer le silence qui est au langage ce que la paix est au conflit.

Votre garçon a dû maintenant vous annoncer la nouvelle. Sa souffrance me fait souffrir encore plus qu'il n'en souffre. Il est sensible, l'être humain, son corps n'est pas assez étendu pour un crâne aussi proéminent. La douleur n'a pas la place de prendre ses aises. Au lieu de se diffuser des pattes au museau, elle s'enferme furieuse dans le cerveau qu'elle comprime comme une tumeur. La mélancolie envahit notre espèce avec l'âge qui voûte, rapetisse inexorablement. La belle mandragore qu'est la mort, au bout de notre course elle doit nous faire du bien.

Sachez que Geoffrey ne m'a pas déçue. Un être intelligent qu'aucune femme ne regrettera jamais d'avoir connu. Il souffre certes de calvitie jusqu'à en être calotté comme d'une kippa mais il a de beaux yeux sombres et il est en certaine place assez dodu pour permettre à une femme de conjurer sa peur du vide.

J'appréciais sa fragrance de fruit mûr, la pourriture noble des taches brunes sur ses mains, son visage et son cœur dont il m'a montré un jour d'exaltation une échographie en couleurs. Je suis une femme qui aime le vin des vendanges tardives. Je n'aime pas l'odeur acidulée des jeunes gens, elle m'irrite comme ces sels dont nos aïeules respiraient les vapeurs à chaque bouffée de chaleur. J'étais séduite infiniment par son poil gris et ce ventre qui me servait d'oreiller en voyage.

Du reste, vous parlez des chiens dont la durée de vie excède rarement quinze ans. Avec ses kilos, ses poumons bronzés par le tabac, son foie fatigué par le beurre, le gin, la crème fraîche, je ne lui accordais guère plus d'années. Je me disais les premiers temps que notre histoire serait dense et brève. Je tirais un certain réconfort en imaginant que je lui survivrais. J'envisageais même la possibilité de lui soutirer une grossesse avant son agonie pour prouver au monde ma fécondité et conserver un souvenir de lui.

Depuis quelques mois, la peur m'avait saisie de finir par m'habituer à sa présence au point que sa disparition puisse se révéler une cause d'insurmontable angoisse et rien ne froisse davantage la peau des femmes que l'angoisse. J'en suis même arrivée un soir de blues à lui demander ce que je deviendrais après sa mort.

Vous connaissez Geoffrey, il est à la fois susceptible et dominateur. Faire allusion à son maigre reliquat d'années de vie dont après plus d'un demi-siècle le plus clair avait fondu, l'a humilié. Il est allé jusqu'à prétendre que je pouvais d'ici son trépas rouler sous un autobus, périr d'anémie, d'hydropisie, de pneumonie.

Des paroles imbéciles sans aucun fondement. Je suis férue de diététique, de flexions, de pompes, mon horreur des toxiques est légendaire, je scrute la rue avant d'autoriser une jambe à poser prudemment le bout d'un escarpin sur la chaussée, comment dans ces conditions mourir avant l'heure ? Voilà un mystère qu'il fut incapable d'éclaircir.

J'aimerais vous ressembler une fois vieille. Je déteste les rides, malgré mon âge je les pourchasse et vous n'en avez guère. Vous avez sans doute mené une existence paisible, sans à-coups, ennuyeuse souvent mais vous en touchez aujourd'hui les dividendes. Le troisième âge c'est l'époque de la comptée, ceux qui ont peu dépensé leur jeunesse ont conservé assez de menue monnaie pour s'acheter quelques années de survie dans un corps moins repoussant que celui dont écopent les survivants de décennies de bamboche.

Je vous trouvais chanceuse d'avoir mis Geoffrey au monde. Aujourd'hui je regrette que vous ne vous soyez pas tenue dans la plus grande chasteté le soir où vous l'avez conçu. Je me serais passée d'être obligée de rompre. Je dois classer cet instant parmi les moins plaisants de ma vie.

Je n'éprouve aucune aversion envers vous, aucune haine, pas la moindre amertume. Toute femme est faillible, je peux moi-même à l'occasion perdre la raison, trop acheter, trop veiller, jeûner à l'excès ou à force de me dénigrer perdre durant des jours cette confiance en soi indispensable à l'artiste pour prendre le risque d'échouer, de devoir subir ses propres quolibets devant une toile médiocre dont il n'aura pas seulement le courage de faire une flambée.

Je vous écris de nuit, dans le silence de cet immeuble où criaillent jusqu'à dix heures du soir les garnements de la famille permissive du rez-de-chaussée. Je sais fort bien que vous avez cru bon de négliger l'éducation de Geoffrey, lui inculquant le mépris de l'autorité, des institutions et de la dignité des femmes. Vous en avez fait un homme qui crie, s'emballe, ne supporte ni la contradiction ni le prosaïque dialogue si nécessaire au couple pour perdurer. Vous en avez fait en outre un monsieur à l'amour parcimonieux. Autant vivre avec un mufle ladre mais passionné, même s'il vous shoote comme un ballon les jours où baisse la Bourse pour se venger de l'effritement de son épargne.

Il est temps que soit démaquillé mon visage et ma tisane bue. Dormir est une activité qui me sied à merveille, faire le plein de sommeil m'aide à trotter le lendemain l'esprit léger. Sans compter toutes ces toiles qui se peignent dans mes rêves sur les parois de mon crâne, au matin je n'ai plus qu'à les recopier avec les gestes déliés d'un ange.

Une fois encore, je vous demande pardon de vous avoir écrit. N'oubliez pas quand même de lire cette lettre. Vous me devez cet effort, moi qui ai fait tous les miens pour tenter d'aimer votre fils.

Noémie

Mademoiselle,

Vous avez eu beaucoup de chance de connaître Geoffrey.
D'enfant, je n'en aurais certes pas voulu d'autre. Vos
rodomontades au sujet de votre jeune âge sont grotesques.

N'oubliez pas que vous êtes bien chétive, vos pattes
sont grêles et votre tronc trop fin. Parvenues à l'âge mûr
quand elles y parviennent, les femmes maigres comme des
brindilles se font les frêles nids de toutes sortes de maux
délétères. Bactéries et virus les emportent vers le cimetière
en chantonnant un requiem propre à hérisser le poil des
plus valeureux vivants.

Autant vous dire la vérité, vous mourrez avant lui. Je
vous enterrerai peut-être car je n'exclus pas que dépourvue
de mon fils vous attentiez bientôt à vos jours. Lors de vos
visites, j'ai remarqué sur votre cou plusieurs envies grenat
qui sont autant de signes d'une tendance à la dépression.
Un mal qui fauche chaque jour sa gerbe de femmes comme
vous désœuvrées et peu aimantes.

Je ne crois guère aux plantes, aux décoctions ni à tous ces
produits chimiques dont on gave les fous dans les asiles.
Poutine avait une tante viennoise qui avait vu quelques

mois durant le docteur Freud à la suite de la perte d'un œil dont elle ne pouvait faire le deuil. Il s'est toujours demandé si cet homme ne lui avait pas procuré quelque apaisement avant qu'elle ne contracte à son cabinet le virus de la grippe espagnole et ne soit emportée au beau milieu de sa cure.

Je vous crois folle. Quitter mon fils ne peut être le fait d'une personne jouissant de toutes ses facultés. Vous me rappelez cette institutrice qui autrefois ne cessait de lui coller des notes très au-dessous de la moyenne et qui présentait les mêmes envies que vous. J'avais prévenu en vain la directrice de sa fragilité mentale qui la poussait à dévaloriser le travail de Geoffrey. L'avenir m'a donné raison. Elle n'a pas attendu la fin de l'année scolaire pour périr dans un incendie. Une explosion de chauffe-eau. Préférer le gaz à l'électricité, n'est-ce pas là une irréfutable preuve de démence ? Autant se chauffer avec une bombe.

Soignez-vous. D'après Geoffrey votre talent est réel mais par démagogie son regard aura embelli vos toiles pour lui donner une raison de plus de vous aimer. Si je les avais vues, je les aurais trouvées gauches. Sans génie, pratiquer un art est une forme d'escroquerie. Ils sont des fripons ceux qui embrassant la carrière ne sont pas Michel-Ange, La Fontaine, Mozart ou Vauban. Au fond de vous il y a sûrement un filet de voix pour vous traiter de fripouille et miner lentement votre raison. À vingt-quatre ans, déjà vous n'en avez plus guère. Bientôt vous entendrez le bruit sinistre de la démence toquant à votre crâne et vous réglerez la note de votre médiocrité. Pour chaque touche de couleur ce seront des jours d'angoisse, des nuits de délire, des années de désespoir. Toutes ces souffrances qui peuplent l'enfer des fous.

Faire de vous une simple ménagère au service d'un quelconque mari doit être à la portée de n'importe quel thérapeute de quartier. Vos pinceaux ne seront plus alors qu'autant de plumeaux bien utiles pour déloger la poussière dans ses cachettes les plus escarpées.

À moins que vous ne jetiez dès aujourd'hui tout votre matériel à la rue. Vous vous sentirez aussitôt plus légère de vous être débarrassée des outils de vos forfaits. Un cambrioleur sacrifiant sa pince-monseigneur devient aussitôt presque honnête homme. Il n'a plus qu'à aller au commissariat pour avouer ses infractions et après un séjour en prison libre à lui de jouir désormais des joies arides du travailleur.

Une fois le sacrifice consommé, vous n'aurez plus qu'à rendre visite à votre médecin de famille pour lui confesser vos remords d'avoir osé entreprendre une carrière de voleuse de renommée. Avoir pour dessein de s'accaparer un seul éclat de la gloire des grands est plus condamnable encore que chez un joaillier gratter en catimini les pierres d'une rivière de diamants pour en dérober des fragments de carat.

Ce médecin a dû vous voir grandir de rougeole en angine, de dartres en puberté, de premières règles en aménorrhée. Il vous administrera un purgatif en guise de pénitence et vous menacera d'une maladie dégénérative induite par les produits chimiques dont sont gorgées les peintures afin de vous encourager à ne plus succomber à la tentation de la toile.

Une fois sur le chemin de la guérison, vous perdrez je l'espère toute notion de l'alphabet, ce qui sera un sérieux inconvénient quand la lubie vous prendra de m'infliger une lettre.

Un dernier mot, aimez. L'amour est une picoterie, une démangeaison dont on ne saura jamais si le plaisir du soulagement que nous procure la caresse de l'amant vaut les désagréments de son incessant prurit. Mais faute de contracter ce mal, on ne connaît jamais le plaisir indicible de voir ses symptômes devenus sous les baisers, les profonds regards, dans l'étreinte, la cause originelle du paroxysme du bonheur dont le paradis est une contrefaçon.

Je vous souhaite la rédemption et le meilleur de la vie.

Jeanne

Chère Madame,

Je viens de courir Paris pour trouver un cadeau. C'est ma fête demain et mes amis sont oublieux. J'ai acheté au Printemps une montre solaire rouge comme un camion de pompiers, je la glisserai tout à l'heure sous mon oreiller afin de m'en faire à mon réveil la surprise. En décachetant le paquet il me semblera que quelqu'un me choie.

Votre fils ne me manque pas. Les hommes sont toujours de trop, je m'en aperçois aujourd'hui. Je vous le dis tout net, je n'adopterai pas d'animal. Même s'il s'en pouvait trouver d'insonores, la seule présence d'une de ces machines dont la survie dépend d'une tuyauterie charriant du sang et des humeurs me ferait concurrence.

Je ne prise point la compétition. Les rues, les magasins, les boulevards me confrontent à d'autres belles avec lesquelles les hommes sont libres de me mettre en balance mais j'entends redevenir unique sitôt la porte de mon appartement claquée. Souventes fois, je ferme les volets en plein midi pour me faire des murs une seconde peau de brique. Je me sens protégée comme une plaie calfeutrée sous son sparadrap.

Il m'arrive cependant de condescendre à un dîner, un déjeuner, un week-end à la campagne. J'exige alors une compagnie constituée de laides, le cas échéant d'anciennes jolies vraiment trop décaties pour être encore désirables et d'hommes assez esthètes pour apprécier ma fraîche beauté à son prix. De temps en temps j'accepte l'un d'entre eux dans mon lit. Je l'aime convenablement durant un mois, un an et puis je l'éconduis. Il vient pleurer chaque soir sous ma fenêtre, liquide comme un bonhomme de larmes. Assise dans l'obscurité, je l'observe à travers les persiennes. Les pleurs abondants des hommes sont beaucoup plus troublants que leur pauvre semence.

Même triste, je ne pleure jamais. J'ai le chagrin héroïque. Les pleurs vous font des yeux d'albinos, les larmes brouillent le teint et comment maquiller un visage tout mouillé ? En outre, il est bien rare que l'on pleure debout, tête droite, colonne vertébrale convenablement déployée. Nous avons tendance à nous rétracter, à prendre appui sur un pied plutôt que sur l'autre et le lendemain nous sommes courbaturées, moulues et nous passons une semaine à nous en remettre comme d'une chute.

Pas de simagrées, l'amour n'est pas la vie, une rupture n'est pas l'agonie. C'est tout au plus un tendre rhume, une fluxion, la foulure d'un sentiment dont se passent fort bien ces ethnies à qui chasse et cueillette ne laissent pas un instant de répit.

L'amour est apparu tardivement au temps de la Grèce antique, de Rome, de Troie, à l'âge classique peut-être avec ces enfants gâtés de Roméo et Juliette, à moins qu'on n'ait pratiqué le romantisme dans les cavernes, que mammouths et bouquetins des peintures rupestres ne soient des allégories du coït, des représentations du baiser profond dont la nuit venue ces quasi-animaux ivres du sang de leurs proies, pelotonnés devant un feu de tourbe et de graisse d'aurochs, se bâfraient comme des goinfres.

Il est si simple de s'en passer. Notre époque offre assez de distractions. Une connexion et vous assistez au monde. Une journée est vite terminée, la soirée s'annonce avec un dîner entre amis ou un plateau de sushis dégustés au lit avec dans les oreilles un opéra de Verdi. Vous somnolez au deuxième acte, au troisième vous accompagnez les cordes de la basse continue de votre ronflement. La vie bien meublée, solitaire, tranquille, sans même les coussinets des pattes d'un chat pour bousculer les lampes.

Le bonheur, madame, c'est l'absolue solitude. Ne se cogner à personne, ne point souffrir une autre main sous prétexte de caresse, une autre bouche cherchant à écraser vos lèvres, ne pas sentir de paroles irriter à l'improviste vos tympans fragiles tandis que vous jouissez du silence en regardant songeuse les reflets de la laque immaculée du four à micro-ondes. La solitude, c'est l'absolue beauté de se sentir incomparable dans une coquille où rien n'est beau que vous, puisqu'en fait d'humaine dans cette conque il n'y a que vous.

Vous me croyez démente? J'en conviens, mais ma folie est d'une grande beauté et je l'aime à l'égal de mon nez un peu pointu mais aux ailes satinées, percé de trous mignons qui semblent les orées de grottes mystérieuses où dansent des nymphettes. Ma folie, mon génie, mon âme ciselée, mon crâne au cerveau d'or.

Vous me parlez de cure, de thérapie ? Autant s'adonner à la sorcellerie, s'abandonner aux soins d'une voyante, d'une pythie, qu'entrer dans cette secte dont les gourous ruinent leurs ouailles. Ajouter foi à l'existence de l'inconscient et du complexe d'Œdipe ? Croire en Dieu pendant que vous y êtes, sous prétexte que dans la tragédie grecque les personnages croyaient en Zeus.

Je doute fort d'être un jour aussi inepte que mon cousin Juillet qui depuis dix-neuf ans paie trois fois par semaine son écot à un de ces sorciers avec pour tout profit le chômage, l'eczéma et depuis le mois dernier un cancer de la verge qui lui vaudra l'ablation.

Ah oui, vous me parlez des picotements de l'amour ? On ne saurait mieux dire, Geoffrey avait tout d'une maladie de peau. Il m'avait contaminée avant même notre premier baiser, ses paroles comme un lichen, ses regards versicolores et déjà je me grattais le cœur comme un pouilleux son cuir chevelu en me demandant si je ne préférerais pas encore retrouver l'acné de mes quinze ans plutôt que ce mal dont faisait les frais la peau de mon âme.

Quel laboratoire inventera l'onguent qui soulagera ce genre d'épiderme ? Tous ces chirurgiens qui incessamment opèrent les pompes cardiaques de l'humanité sans jamais leur appliquer le baume salvateur qui les délivrerait de l'éprouvante exaltation d'aimer et du chagrin qui tel un infarctus nous fait si souvent frôler la mort et nécrose à jamais un peu de cette fragile foi en l'avenir, en l'autre, en l'homme, en l'amour. Et nous voilà encore plus essoufflés pour gravir les marches hautes, glissantes, toujours prêtes à se dérober, de cet escalier qui monte vers le caveau.

Je vous ai écrit cette lettre sur du papier parfumé à la rhubarbe afin que si d'aventure vous refusiez de la lire, vous puissiez en faire votre goûter.

Noémie

Mademoiselle,

Chez les miens, nous n'avons pas pour habitude de nous sustenter de cellulose, j'ai jeté votre lettre avec les épluchures des légumes de mon déjeuner. Nous ne sommes pas comme vous, bêtes à manger du foin. Sans doute avez-vous parmi vos ancêtres quelque mulet ou pour le moins un chimpanzé qui aura engrossé une de vos aïeules entichée d'amants velus.

La génétique n'a pas fini de nous en apprendre sur la perversité de notre espèce. On découvrira un jour que certains ADN sont de drôles de lupanars à la clientèle de brigands et d'animaux. Des ADN comme des cages de commissariat, de zoo, comme des nœuds de vipères.

Du reste, ce cousin est bien la preuve du mauvais sang qui coule dans les veines de votre hoirie. Un garçon visiblement incapable de trouver son envers, qu'est donc l'inconscient sinon le revers de notre médaille ? Un niais refusant à toute force d'admettre qu'il a symboliquement tué son père à plusieurs reprises et plus souvent encore violenté sa mère qui n'en pouvait mais, un déchet à qui son thérapeute s'est vu dans la nécessité d'ordonner de tomber malade pour mettre un terme à cette cure interminable, un eczémateux dont les femmes se gaussent, un futur eunuque à qui aucun maharadja ne confiera jamais la garde de son harem.

Gardez donc votre famille. À petites gorgées, buvez jusqu'à la lie la honte d'en être et d'avoir gâché la chance que vous aviez de faire partie de la nôtre, si Geoffrey était un jour devenu assez sot pour vous offrir le mariage. Vous êtes une oie, un corbeau, un bigorneau et nous n'aimons pas les bestiaires, nous les adorateurs du Fils de l'Homme, pas de la musaraigne ni de la femelle du frelon.

Vous vous croyez belle ? Comme vous avez raison, cependant votre beauté est si discrète que je suis excusable de ne l'avoir pas remarquée quand à deux reprises vous avez eu le front de venir à mon domicile racler vos fesses sur mon divan, boire mon thé et avaler une douzaine de boudoirs de chez Dupont, pâtissier avenue de la Mer depuis l'invention du sucre.

Cette lettre ne vous est pas vraiment destinée. Son écriture fut pour moi une simple excursion dans la haine de vous, une occasion de purger ma vésicule d'un peu de sa bile. Je vous l'envoie pour vous montrer à quel point je me soucie comme d'une guigne de vous aimer.

Je vous prie à l'avenir de m'écrire sous la douche. Quand l'eau chaude les aura désagrégées, vous prierez la bonde d'avaler vos écritures avec votre crasse.

Jeanne

Madame,

Vous croyez que votre fils m'aime en se douchant ?
Pourquoi pas ? Les hommes aussi aiment aimer. Rien ne
doit leur manquer des symboles de la réussite. La solitude
est un symptôme d'incomplétude, une tache sur le bonheur.
C'est si commun d'aimer, si répandu dans l'espace, dans
le temps. Les pays sont pleins d'amoureux, les siècles
regorgent de couples imbéciles qui se frottent la truffe,
et les phrases des livres, les bas-reliefs, les fresques, les
petits tableaux ?

Tout ce bazar, ces mariés sur lesquels tombe la neige
dans les globes de verre et le délire des philosophes au
bout du rouleau qui se laissent aller à échafauder théories
et concepts pour démontrer cette chimère, cette sensation,
la réalité de cet éclair dont on douterait encore davantage
si on n'avait pas la certitude d'avoir été un jour par lui
aveuglé.

Vous vous imaginez que les hommes nous recherchent
pour le plaisir de prendre notre corps, pour les nuits agitées
qu'on leur procure, pour notre habileté à les faire grimper
au paradis d'un baiser sur leur arbrisseau ? Nenni, madame,

ils veulent nous habiter, nous occuper comme un pays conquis, teinter nos pensées les plus anodines, s'imaginer même que lorsque nous mordons un abricot c'est un peu de leur personne que nous croyons croquer. Ils vont jusqu'à prendre leur cul pour un soleil et nous tournant le dos sous la couette l'imaginer de ses rayons illuminer nos rêves.

L'amour quand il vous prend c'est votre noyau, votre pulpe, vous n'êtes plus que la branche où il coule en vous sa sève. Je sais aimer parfaitement, d'une passion impeccable flanquée d'une affection sans reproche. Je m'applique à devenir le plus beau souvenir de mon amant, dès les premiers jours je suis déjà un cadeau d'adieu. Il ne le saura qu'à l'instant où j'en nouerai le ruban de mes doigts de Parque.

Sans amour, je ne suis pas sûre d'exister. Je me demande si je ne suis pas une histoire de fou, une revenante d'on ne sait où, une épave sans nom à force de n'être appelée par aucun chéri dont la voix semble vous baptiser derechef à chaque fois qu'elle vous prononce. Vivre épanouie, que notre senteur persiste toute la journée sur les vêtements, sur la peau de l'élu, ce merveilleux, ce miracle.

Il y a bien cinq ou six mois que sans acrimonie j'ai rompu avec Geoffrey. Depuis je me trouve sans nouvelles de lui. Noël et le nouvel an sont passés, ma fête, mon anniversaire, celui de notre rencontre, de notre premier repas en tête à tête, de notre première nuit d'amour et il n'a pas daigné m'envoyer le moindre message. Votre éducation en a fait un malpoli, un pauvre type incapable de poser un genou en terre pour exprimer son profond regret de n'être que celui qu'il est devenu après plus d'un demi-siècle de laisser-aller et non l'homme fabuleux avec qui j'aurais pu envisager de passer ma vie.

Un garçon correct serait convenu qu'il était nécessaire pour me reconquérir de changer profondément l'image qu'il se faisait de lui-même, d'abandonner ses idées, d'adopter les miennes en signe de reddition, d'effacer peu à peu ses différences, de s'arrondir comme ces vieilles gommes autrefois parallélépipédiques devenues boulettes à force d'usure, de changer peut-être de métier afin de ne plus me faire d'ombre avec ses buildings, de se faire poser un anneau gastrique pour tenter de perdre ses habitudes de goinfrerie, d'envisager une opération pour faire rallonger ses jambes, de recourir aux services d'un chirurgien pour changer ce visage dont j'étais fatiguée.

En un mot qu'il m'annonce sa volonté de déposer son âme à mes pieds. Que je la piétine, l'émiette, en jette les fragments aux oiseaux. Trêve de plaisanterie, qu'il garde son âme, la science nous a appris qu'à force de ne point apparaître sous la lentille du microscope son existence devenait improbable. En revanche, un hématologue pourrait à force de transfusions lui modifier grandement le psychisme. Le débarquement dans son organisme du sang d'un garçon modeste, d'un professeur de yoga, d'une femme altruiste et de toute une population d'amateurs d'art propres à vénérer mes toiles, finirait au bout de quelques semaines de traitement par le rédimer. Je pourrais m'engager alors à le reprendre à l'essai. À charge pour lui de me prouver qu'il est honteux d'avoir été si longtemps celui-ci et de n'être pas devenu plus tôt celui-là.

Je vous engage à jouer sur le tard ce rôle d'éducatrice que vous avez toujours méprisé. Usez de votre autorité pour lui instiller le mépris de lui-même. Qu'il admette son échec et comprenne que la rupture que je lui ai infligée est une sanction méritée. Qu'il ne soit plus qu'une ombre.

On cherche l'amour, on creuse les hommes. On remonte des trésors, des statues de plâtre peint qui tombent en poussière dès qu'on les gratte du bout de l'ongle, d'autres d'acier que rien n'entame. Quand ils nous aiment moins, ils n'ont même pas la correction de nous quitter. Ils traînent leur lassitude, leur visage fait acte de présence mais ils ne sont plus là et s'ils rêvent ce n'est pas de nous. Leurs fantasmes de trahison, l'adultère commis dans un songe, dans le secret d'une masturbation, jusque dans notre lit alors qu'ils vont et viennent.

De trop exister, les gens m'épuisent. Ce serait vraiment plus confortable pour moi de prendre au lieu d'un homme une ombre à la maison. Quoi de plus léger, de moins pesant qu'une ombre ? Il suffit de tirer les rideaux pour l'estomper, de l'éclairer pour qu'elle disparaisse. De surcroît, l'ombre ne cause ni ne caresse et à l'heure de la sieste on peut se serrer contre elle dans le clair-obscur sans qu'elle ne hoquette, ne vente, ne vous donne des coups de pied à chaque cauchemar.

Considérez ces quelques lignes comme l'ombre d'une

lettre. Posez-la sous un rayon de soleil, ce sera comme si vous ne l'aviez pas lue puisque son absence aura tôt fait de vous convaincre qu'elle n'a jamais été écrite.

Noémie

Mademoiselle,

Vous êtes un spectre. Dans notre famille nous n'avons jamais prisé les fantômes. Nous descendons d'ancêtres charnus, follement vivants, époustouflants d'intelligence. Et qu'est la vie, sinon la viande par-dessus l'os qui nous distingue des défunts ? Qu'est donc l'intelligence, sinon un cerveau replet ?

La tête de Geoffrey éclate de neurones. Les pensées fusent en gerbes par tous ses orifices comme flammes de dragon. Boire son souffle s'il se pouvait, voilà l'idéal que vous auriez dû embrasser. Il mérite une femme assez modeste pour se faire réceptacle et oublier ses fantasmes d'émancipée.

Vous peignez comme autrefois nos consœurs pratiquaient le canevas. Vous peignez comme on encaustique, comme on fait la tambouille, comme on descend sa poubelle. Vos barbouillages déshonorent la réalité que chacun de vos coups de pinceau humilie. La croyez-vous flattée de se voir ainsi caricaturée sur la toile, amputée de sa lumière, tremblante comme une feuille d'avoir été tracée d'une main pataude, épouvantée d'être pilotée par votre esprit mesquin ? Vous seriez contente peut-être que le miroir trifouille votre image avant de vous la renvoyer ? Qu'il la tranche en lamelles, la batte comme un jeu de cartes, la trempe dans des pots de peintures criardes ou ternes à force d'avoir été mêlées ? Mais le tain n'aura jamais votre désinvolture, votre niaiserie, votre cruauté. Vos miroirs sont du reste d'une coupable indulgence, la même dont les galants font preuve à votre égard en vous trouvant charmante et belle quand vous les avez enivrés de champagne.

Vous êtes l'alcool frelaté de votre orgueil blessé d'avoir été mal pondue par une mère poule trop pusillanime pour vous avoir rissolée à coups de fouet. En fait de verges vous n'avez connu que celles des hommes. Une nature aussi coquette que la vôtre aurait mérité d'être taillée à la serpe, tronçonnée par endroits et chaque mois badigeonnée afin d'exterminer les pucerons de la vanité. Mauvaise herbe, pauvre chiendent teinté de fards, sans autres pétales que ces colifichets dont elle s'alourdit, des bijoux, des montres écarlates, des dessous affriolants de gigolette.

Que je vous plains d'être au monde. Certes, il est dur pour un homme de devenir Geoffrey mais quel chemin de croix d'être devenue Noémie. Pour preuve de la sincérité de ma pitié, je vous invite à Cabourg le week-end prochain. Sur ma terrasse, face à la mer, allongées sur des transats, nous pleurerons sur votre sort.

À vendredi, donc.

Jeanne

Chère Jeanne,

Merci pour ce week-end délicieux, sucré et tendre comme les loukoums dont nous avons abusé sous votre grand parasol qui a fait de son mieux pour nous protéger de la bourrasque et de la pluie. Décidément Cabourg pourrait servir de bonnet d'âne aux météorologues qui avaient prévu un soleil de plomb. J'ai écrit à Météo France pour les prier de s'abstenir désormais d'émettre la moindre opinion concernant le temps de Cabourg et de l'ensemble du Calvados.

J'aime votre canapé-lit au revêtement semé de coquelicots où j'ai fait des rêves de très bon goût et de si bonne facture qu'on les aurait crus cadrés par un chef opérateur hollywoodien. Quant aux reproductions de tableaux de maître qui couvrent vos murs, ce sont de véritables hublots au travers desquels on contemple l'histoire de l'art. Ils sont assez ressemblants pour que l'on puisse imaginer que Fragonard, Titien, Monet les ont peints chez vous. Je m'attendais à les entendre sonner à la porte ou même ouvrir avec leur propre clé pour venir brosser un nouveau chef-d'œuvre.

Que dire de vos toilettes dont l'humble lucarne est une travailleuse acharnée qui s'épuise malgré la pénombre de la cour à capter je ne sais quelle énigmatique clarté afin de protéger la pièce du noir absolu? De votre lavabo d'un bleu éclatant sous les puissants néons du plafonnier de la salle de bains? De votre vaisselle en faïence qui sublime si magnifiquement les légumes qu'on les croirait phosphorescents? De vos verres en cristal qui transforment si bien l'eau en nectar qu'ils semblent avoir été subtilisés aux noces de Cana par un de vos ancêtres?

Une pensée pour votre femme de ménage. J'ai aimé les traces de doigts sur la grande glace du vestibule et cette poussière sur les pavés du salon dont les grains scintillent le soir aux lumières comme autant d'étoiles argentées. J'espère avoir la joie de pouvoir quelque jour faire sa connaissance pour la serrer dans mes bras.

Sous votre jolie tête de vieille se cache un cerveau qui m'a plu. L'échafaudage de vos pensées est solide, même si vos raisonnements malmènent à l'occasion un peu rudement la logique. Vos déductions s'adossent souvent à d'absurdes prémisses, pour parvenir à vos fins vous multipliez volontiers les bananes avec les lampadaires mais la mélodie de votre argumentation est exquise.

Je suis vôtre. Vous pouvez me demander la lune, le soleil, une galaxie de votre choix et je viendrai à Cabourg vous l'apporter. Une dame de votre espèce ne saurait se contenter d'un bouquet, d'une corbeille, de berlingots. On se doit plutôt de lui offrir une boîte de bêtises de Cambrai.

Noémie

Petit ange,

Que de moments de bonheur savourés auprès de vous en seulement deux jours. La pluie doit allonger le temps, les secondes humides sont plus riches en durée que celles dont la sécheresse fait s'évaporer le plus clair du suc. Enfoncées toutes deux dans ce canapé qui jouxte le radiateur, les veillées passaient en coup de vent sans nous laisser le loisir d'en avoir joui mais elles consentaient à s'étirer pour peu que nous causions courageusement sur la terrasse malgré les trombes.

Quoique peintre, vous aimez la vie. Vous semblez accepter le monde comme un fait établi. Jamais en ma présence vous n'avez contredit la mer, le brouillard ni le moindre bibelot. Moi-même, vous m'approuviez en opinant du chef.

Votre gentillesse superficielle et fourbe m'a séduite. Tant de filles sont sincères jusqu'à la crucherie. J'ai appris à connaître votre esprit lourd et poussif comme un chariot chargé de minerai qui chemine sur un sol cahoteux. Vous êtes pleine d'une angoisse noire et pourpre. J'ajouterai au schiste et au sang les rivières souterraines des coulées cristallines de larmes au fond de vous.

Je vous regardais de ma terrasse courir sur la plage pour perdre les calories du chocolat que je vous avais servi au petit déjeuner. Parfois je vous confondais avec cette adolescente en nage à force de sauter comme un kangourou autour des cabines dont à certaines heures de la matinée l'image apparaît depuis sa mort tragique à l'âge de vingt-quatre ans alors qu'elle effectuait un stage chez un agent de change du World Trade Center. Vous auriez intérêt à chiper sa nuque aristocratique et sa superbe chute de reins.

Je ne vous en veux pas d'avoir balancé Geoffrey. Il est encore plus égoïste que vous et déteste les femmes à l'égal de la purée de céleri dont je n'ai jamais pu lui faire avaler la moindre fourchetée. Il éprouve un profond dégoût pour notre sexe, je le soupçonne fort de s'être souvent levé pour rendre après vos étreintes. Il ne désire personne, il a des glandes dont vous fûtes l'exutoire. Vous lui avez simplement servi de conduit pour évacuer sa blancheur.

Vous croyez que les vieux ruminent, qu'ils rament vers l'embouchure de leur passé ? Détrompez-vous, ils haïssent cette chose inerte qu'ils n'ont plus l'énergie de ressusciter. Pour moi Geoffrey est un fils d'autrefois et les vieillards sont avides du présent, chaud, cœur battant, qui n'a pas besoin de leurs efforts pour être. Ils aimeraient avoir les moyens de ces nababs centenaires qui font remplir des piscines de vierges et d'éphèbes pour prendre un bain de jeunesse. On n'a pas la folie de croire qu'on va la retrouver, mais on voudrait l'étreindre, la respirer et notre désir triste comme un fantasme toujours inassouvi de remplacer un peu de notre fluide usé par quelques gouttes de son sang neuf ?

Je vous écris comme je parle aux murs quand j'ai épuisé le vieil annuaire. J'appelle des inconnus, habitants de la commune, de la région et parfois j'invente des numéros à rallonge qui m'emmènent en Afrique, en Asie, sur des îles aux télécommunications installées la veille où la population réduite à deux ou trois personnes vivant en absolue symbiose et qui jusqu'alors n'éprouvait pas le besoin de communiquer, n'a pas encore eu le temps d'apprendre à causer.

Quand je n'en peux plus d'utiliser ma voix, j'entrouvre une fenêtre et je hurle dans le langage des muets.

Venez donc me revoir, bel ange. Considérez que le passage de Geoffrey dans votre vie est un affront. À deux, nous serons plus fortes pour ourdir et vaincre. Il ne s'agit pas tant de le meurtrir que de lui porter l'estocade. Terrasser le monstre, voilà notre projet et la perspective pour nous de connaître dans la vengeance tout le bonheur du monde.

Jeanne

Chère Jeanne,

Reconnaissant sur l'enveloppe votre belle écriture, j'ai arraché la lettre des mains du facteur avant de courir les rues à la recherche d'une culotte dorée dont j'avais vu la photo la veille dans *Vogue* et qui me semblait indispensable pour me sentir vraiment femme sous ma jupe.

Du plus lointain de mes souvenirs j'ai toujours craint d'être un garçon manqué. Sachez que ma mère s'attendait à un garçon et m'a attifée jusqu'à l'âge de trois mois de layette symboliquement ornée de chênes et de glands. Depuis je fuis les chênes, surtout les pubescents et les pédonculés qui deviendront de sacrés satyres le jour où les végétaux feront valoir leurs droits à la condition humaine et à l'éros.

Jeanne, j'affectionne votre sombre cerveau. Le noir dessein que vous formez me donne envie de me venger à travers Geoffrey de la race pénienne dans sa globalité ainsi que d'un grand-oncle mort. Je fus sa victime à l'âge de quatre mois, quinze jours seulement après que ma mère eut donné à la concierge mes vêtements de mâle.

Je portais ce jour-là une petite robe de dentelle. Sans doute émoustillé par mon nouveau costume cet homme de soixante-quatorze ans s'est permis des audaces. Ma mère a toujours nié l'incident mais ma mémoire qui plonge ses racines jusqu'à l'époque de sa rencontre avec mon père le 25 octobre 1990 sous un guéridon des Bains Douches où ils avaient échoué l'un après l'autre afin de cuver leur mescal, me fournit assez d'éléments pour le condamner.

Je ne vous en dirai jamais davantage, moi-même je n'ai pas encore osé visionner l'intégralité de cette pénible scène dont le souvenir conserve intacts les couleurs vives d'une après-midi d'avril ainsi que le bruit incessant de la circulation du boulevard Saint-Michel troublé par le son aigrelet du grelot pendu au-dessus de mon berceau à un fil d'argent qui virevoltait effaré en assistant au forfait. Sachez simplement que les ongles du faquin étaient longs et piquants comme des aiguilles. C'est pour cette raison que depuis je me méfie des ongles.

Les ongles de Geoffrey sont larges et rongés. Ce n'est pas une raison malgré tout pour l'exonérer. Il m'a coûté trop cher en agacement et je ne vous parle ni des dimanches qu'il m'obligeait à passer au lit pour bourriquer ni de sa détestable habitude de toujours manger la queue des fruits. Il avait à coup sûr d'autres manies mais je refuse de faire une recherche poussée dans ma mémoire. Quelques mois m'ont suffi à le perdre de vue, à oublier le son de sa voix et même les possibles ignominies par lui commises à mon endroit dont je demeurerai peut-être marquée à jamais. Un cœur scarifié, voilà sans doute ce qu'il m'aura laissé en partage.

Cependant, savez-vous qu'il m'arrive de le rencontrer ?

Quand j'ouvre le bac à légumes du réfrigérateur, je l'aperçois parfois collé au sachet de salade comme un limaçon à la bouille d'autant plus craquante qu'elle est le fruit de mon imagination. Ceux qu'il nous arrive d'imaginer ne sont-ils pas les plus beaux d'être des espérances ? Comme ils sont merveilleux les hommes qui n'existent pas. Je l'aime votre fils sous cette forme-là.

Il éprouve trop de tendresse envers lui-même pour que nous puissions l'acculer au suicide. Il faudra donc le tuer. Pensez-vous le faire vous-même ou avoir recours à une équipe de professionnels ? Dans ce cas, je suis prête à prendre un crédit pour participer aux frais de l'assassinat. Je pourrais aussi l'estourbir moi-même avec une grosse bouteille, ce serait simple et gratuit. Je suis impatiente de connaître vos réflexions à ce sujet.

Je vous aime de tout mon amour dont vous connaissez les limites. J'en saupoudre d'une pincée ma lettre pour en sécher l'encre.

Noémie

Petite cornue,

Je les ai senties percer le papier de votre lettre, ces cornes de diablotin qui ornent votre tête comme paire d'antennes de cancrelat. Une fameuse coquine prête à sauter le pas pour trucider mon fils. J'ai entendu vos babines se frotter d'aise à chaque mot et le bruit de l'eau qui vous venait à la bouche couvrait celui des vagues qui depuis quelques jours trouve le moyen de s'insinuer dans tout l'appartement.

Tuer Geoffrey? Une mère y réfléchit à deux fois avant de prendre la décision d'occire son petit. Un enfant, c'est une longue histoire. Pour les plus chanceuses, elle commence par quelques secondes de ravissement. Je n'ai pas eu cette chance car je n'ai jamais frémi sous Poutine. Un fardeau qui tombait sur moi comme une masse, près d'un quintal d'homme pesant sur mon ventre et cent grammes à peine de corps caverneux dans ma chapelle, comme disaient les nonnes qui m'ont élevée en parlant du temple de la génération.

Bref, un jour le petit pointe son nez hors du terrier de la femme. Des douleurs, des heures de brouillard et puis cet être que vous n'avez auparavant jamais vu mais qui vous rappelle un aïeul, le bellâtre d'un film muet, l'égérie d'une marque de cigare, un fruit exotique avec son plumeau de cheveux comme touffe de feuilles d'ananas. Que sais-je ? Un amant.

Geoffrey me rappelait un homme dont j'avais été brièvement la maîtresse. Il avait été foudroyé près de Caen sous le cerisier où il entendait continuer malgré l'orage à cueillir des pendants d'oreilles. Sa femme et ses quatre enfants m'ont conspuée à son enterrement. Une haie de déshonneur à la sortie de l'église, au cimetière des insultes chuchotées pendant que la tombe gobait lentement son cercueil encordé. Il s'appelait Geoffrey.

Si le Geoffrey original vivait encore aujourd'hui et que vous les ayez vus l'un à côté de l'autre, vous auriez sauté au cou du plus vieux malgré ses cent deux ans et mon pauvre fils aurait essuyé vos risées.

L'original, l'authentique, le vrai, vous ne l'auriez jamais quitté. Vous l'auriez supplié de vous épouser et de vous faire autant d'enfants que Dieu aurait pu en bénir. Vous vous seriez retrouvée à la tête d'un troupeau de petits Geoffrey au sang à peine souillé par le vôtre dont vous auriez été la bienheureuse bergère.

Voyez-vous, mon fils est pour moi l'écrin d'un souvenir. Je le nomme, le couvercle s'ouvre et le bonheur me vient. J'écris les lettres de son nom après mon bain sur la buée du miroir, du bout de ma canne dans le sable humide de la plage et sur des cahiers d'écolier à carreaux que je fourre sous le matelas afin que les vapeurs de l'encre peuplent mes songes.

Arrivez donc vendredi soir. Ne me faites pas faux bond.

Jeanne

Chère Jeanne,

Vous décrochez fort peu votre téléphone. En tout cas, je ne parviens pas à entrer en contact avec vous en composant le numéro que vous m'avez donné. Je suppose que votre opérateur vous a attribué une ligne de troisième ordre reliée à un central désaffecté. Les appels courent pendant des heures sur des câbles rouillés datant de l'entre-deux-guerres, ne s'échappant que pour se perdre dans quelque bourbier, quelque mare de ferme abandonnée, aboutir dans les bassins d'une usine de retraitement des eaux usées avant de rejoindre la nappe phréatique où condamnées pour toujours à n'être ni écoutées ni entendues par personne les voix des locuteurs éternellement se noient en pleurant comme des bébés.

Je n'ai donc pu vous prévenir que j'avais raté mon train. Adieu donc notre tendre week-end. Lorsque vous recevrez ce mot, ce sera lundi, mardi, peut-être même mercredi, jour maudit, car c'est un mercredi qu'est arrivé en miettes à la maison un guéridon dont j'avais fait l'acquisition sur eBay. Le vendeur n'a pas voulu me rembourser et pour tout dédommagement m'a envoyé un pot de glu. Des débris, j'ai rempli un sac de voyage qui depuis quatre ans repose dans un coin de mon grenier.

Je compte passer les prochains jours à laver mes pinceaux. Bain d'essence, lessivage, trempage prolongé dans une bassine d'eau additionnée de paillettes de soude caustique. À la fin de l'opération, ils auront perdu bien des poils, leurs manches auront pâli, mais ils seront enfin propres. Il n'est pas dans mes intentions de suivre vos conseils et d'en faire des instruments de ménage mais un peintre se doit de délivrer à ses clients des toiles salubres. Ce n'est pas la fonction d'une œuvre d'art de gripper le collectionneur ou de lui donner une gastroentérite.

Méfiez-vous des musées. Les peintres d'autrefois méprisaient l'hygiène. Courbet crachait sur ses brosses pour les faire avancer, amoureux de ses statues, Michel-Ange les sautait et Van Gogh inocula la syphilis à son autoportrait de 1888 en le frottant avec son oreille sanguinolente. Ne vous étonnez donc pas de sortir tout infectée de ces établissements. L'œil absorbe microbes et virus avec plus de voracité encore que les photons et les ondes électromagnétiques. Gare aux orgelets, au zona, à la conjonctivite.

Je vous écris sur une mauvaise table en buvant un amer café à la terrasse d'une de ces croissanteries qui ont remplacé les somptueuses brasseries dont la gare Saint-Lazare était encore parsemée naguère. Autour de moi les voyageurs pressés s'entrechoquent, le bruit règne, l'odeur pique le nez comme si les trains en partance éructaient à la manière d'une file de Provençaux après l'aïoli.

Nous causerons de Geoffrey une autre fois. Il est temps de jeter cette lettre à la boîte.

Noémie

Noémie,

Comme j'ai été désespérée de ne vous avoir pas vue arriver vendredi. Je me suis traînée jusqu'à la gare pour effectuer des recherches. Les employés ne vous avaient pas aperçue, n'étaient pas au courant de votre déplacement, ne comprenaient pas pourquoi je les harcelais de questions. Me voyant échevelée, livide, hors de moi, ils ont menacé d'appeler les pompiers et même la police. Je leur ai dit qu'à partir d'un certain âge on crachait sur les forces de l'ordre. J'ai cependant pris la fuite à petits pas lorsque j'ai entendu les sirènes. J'ai couru jusqu'au pont, j'ai enjambé la Dives, traversé le quartier de l'hippodrome, questionné un passant d'une trentaine d'années qui a prétendu n'avoir jamais entendu parler de vous et n'être qu'un jockey.

J'ai passé une nuit agitée. Au matin, mes draps étaient recouverts de givre car j'avais laissé la fenêtre ouverte en espérant que le froid agirait comme un soporifique et ma sueur de vieille femme tourneboulée avait gelé. Je les ai dégourdis avec le séchoir à cheveux, tordus au-dessus de la baignoire, mis à tremper dans une savonnade fort épaisse.

À l'heure actuelle, ils valsent toujours sur la terrasse où ils sèchent sous la bourrasque.

Afin de vous faire pardonner, vous arriverez dès jeudi matin. Nous partagerons un léger déjeuner, libre à vous ensuite d'aller courir sur la plage comme une dératée tandis que je vous ferai couler un bain pour vous décaper quand vous rentrerez enfin tout éclaboussée par les embruns mazoutés de la marée noire dont un tanker vient de nous gratifier. Je m'assoirai sur un tabouret et nous entamerons une conversation. À condition d'entrouvrir la fenêtre afin qu'un filet d'air frais dissipe les vapeurs d'hydrocarbure, cette pièce se révélera assez confortable pour que deux femmes puissent se laisser aller à la conversation.

Je réfléchis toujours à notre projet. Bien que je sois liée à Geoffrey par les liens du sang, je dois me montrer objective et pas plus indulgente envers lui qu'envers un quidam. J'hésite encore à le condamner à mort. Nous pourrions peut-être nous contenter de dévaster son existence et laisser ensuite la nature suivre son cours ?

Je suis sa mère et connais ses originelles fragilités, ses faiblesses, ses blessures mal cicatrisées qu'il nous suffira de rouvrir et de saler pour raviver toutes ces douleurs dont il croit être depuis longtemps délivré. Il est hypersensible jusqu'à la pleutrerie. À l'âge de dix-sept ans il avait encore peur de l'obscurité. Il ne pouvait s'endormir sans la lueur d'une veilleuse de nourrisson. Quand il nous avait désobéi, nous nous levions dans la nuit pour enlever tous les fusibles du tableau électrique afin qu'il ne puisse trouver le sommeil avant l'aurore. Au matin il portait sur son visage les cernes de l'insomnie comme une paire de lunettes de soleil demi-lunes. Avant qu'il ne parte au lycée, Poutine lui coulait dans le gosier un grand bol de camomille pour être sûr qu'un professeur le punisse après l'avoir surpris en flagrant délit de somnolence pendant son cours.

Qu'il soit ruiné, déshonoré, que la maladie profite de son état déplorable pour se faufiler et lui porter le coup de grâce. Qu'il ne meure pas forcément mais perde l'usage du goût, de l'ouïe, de la vue. Une hémiplégie serait bienvenue et abandonné de tous après ce désastre qu'il ne compte certes pas sur nous pour pousser sa brouette devenue par la force des choses son seul moyen de locomotion.

En même temps que ce mot, je posterai tout à l'heure une lettre de dénonciation au fisc. Un contrôle rigoureux de sa comptabilité sera pour lui un bon entraînement au malheur. Depuis sa naissance je lui ai toujours trouvé une tête de fraudeur. Je n'ai aucune preuve mais ses yeux trop noirs pour être honnêtes ne plaident pas en sa faveur.

Rien ne presse, prenons tout notre temps pour instruire son procès. Vous avez pu l'observer pendant votre liaison, accumuler des indices et peut-être même des pièces à conviction. Il nous faudra les passer en revue et en faire autant de parpaings pour construire notre réquisitoire. Un jour viendra où nous délibérerons joyeusement en dégustant des chocolats à la bénédictine et après le verdict nous déboucherons une bouteille de champagne rosé.

Je vous attends jeudi matin en fin de matinée. Vous prendrez le train de dix heures. Apportez-moi des endives, à Cabourg elles sont molles ces temps-ci et je les aime sous forme de croquantes salades. N'oubliez pas de penser à moi sans cesse, je vous chéris à l'égal de la fille que Dieu merci je n'ai jamais eue. Avoir un fils est un malheur, enfanter une femelle doit être une catastrophe.

Jeanne

Chère Madame,

Je me permets de vous écrire de la part de Noémie. Je suis sa meilleure amie, sa sœur, sa camarade. Nous nous sommes côtoyées pour la première fois trois heures après notre naissance dans la couveuse de la maternité Port-Royal.

À l'occasion d'une de ces parties de triolisme dont la jeunesse libérée était friande au printemps 1968, nos mères ont été conçues un soir de mai par un commun papa. Elles se sont peut-être même croisées dans ses testicules s'il a été assez mesquin pour leur partager le même éjaculat.

Elles nous ont obtenues de pères différents mais pour instituer a minima une sorte de tradition familiale, elles se sont fait féconder à la même heure. Elles ont vécu conjointement leurs grossesses, faisant lit commun afin que face à face nous apprenions à nous apprécier malgré le trouble liquide amniotique, la rêche paroi de l'utérus et la cutanée.

Elles ont demandé à l'obstétricien de déclencher leur accouchement un mois avant le terme le 5 janvier 1992 afin que concomitamment nous naissions le lendemain en pleine Épiphanie.

Nous avons une confiance absolue en l'autre et aucun secret. Nous sommes jumelées comme deux ordinateurs dont l'âme serait cryptée pareillement. Ayant meilleure mémoire que Noémie, je sais même davantage de choses sur son compte qu'elle n'en connaît.

En outre elle est distraite et contrairement à elle je possède le don d'ubiquité dont j'use à ma guise en claquant des doigts. Il n'est pas rare que je l'appelle pour lui reprocher de n'avoir pas rendu son salut à une parente croisée dans un supermarché, remercié un fleuriste ambulant qui lui offrait une rose pour fêter sa beauté, satisfait un clochard qui lui quémandait un quignon de sa baguette. Elle a beau râler, je l'oblige à rebrousser le temps pour réparer ses fautes. Le manque de savoir-vivre est un vice dont la peine de mort serait le parfait remède si notre nation pusillanime ne la réservait aux moustiques dont tapettes et insecticides sont les bourreaux ordinaires.

Malgré tout, nous menons des vies différentes. Je me suis mariée à dix-neuf ans avec un garçon rencontré dans une pâtisserie où mordue de pains au chocolat j'avais mes habitudes. Il est motard et passe ses journées à traquer les chauffards. Sa paye n'est pas lourde mais en devenant fonctionnaire il a réalisé le rêve des jeunes de notre génération. Nous avons déjà trois enfants, des filles, c'est moins salissant que des gars qui passant leur temps à se tripoter laissent de louches auréoles sur les canapés.

Pour compléter nos revenus, j'ai monté un site d'alimentation numérique. Il suffit à mes clients de mélanger un peu de farine, de sucre vanillé, quatre œufs et une tasse de lait avec les bits d'un fichier de génoise pour obtenir un joufflu gâteau en s'évitant la fastidieuse corvée de la cuisson. Mon catalogue offre aussi la possibilité de créer crustacés et fruits frais. J'ai obtenu l'an dernier un prix au Festival international des jeunes pousses de Walpurgis. Il figure à la place d'honneur sur notre cheminée.

Quand vous aurez répondu à ma lettre, je vous donnerai une recette pour venir à bout de Geoffrey. Il ne mérite certes pas plus la vie qu'un autre, sa disparition vaudra à peine le sanglot que vous verserez comme un pourboire à la mort pour la remercier de l'avoir effacé.

Marie-Bérangère d'Aubane

Noémie,

Je ne garderai pas plus longtemps ma colère dans le réservoir de mon stylo. Votre conduite est inacceptable, je suis une personne éminemment privée et vous avez eu l'audace de me livrer en pâture et de me galvauder. Cette Marie-Bérangère sera le grain de sable qui fera capoter notre projet. Je ne doute pas de notre arrestation, de notre séjour prolongé à Clairvaux dont le nom sonne comme un glas aux oreilles des honnêtes gens.

Une amie d'enfance ? Quelle étrange pratique de ne pas couper les ponts avec les impedimenta qui ont encombré notre première jeunesse. J'avais moi aussi des camarades de pensionnat, dès ma majorité elles ont déguerpi de ma planète. J'avais tôt compris à quel point elles avaient une âme de pique-assiette. Toujours à vous emprunter des souliers, un tube de rouge à lèvres, des idées.

Le drame de la conversation avec des pécores qui vous livrent les détails de leur vie intime pour qu'en retour vous leur fassiez des confidences et mutatis mutandis leur livriez vos réflexions comme des otages. Elles vous dérobent vos goûts vestimentaires, vos opinions politiques, jusqu'à vos mots qui reviennent si souvent dans leur bouche qu'ils sont encore tout mouillés de leur salive quand vous les remettez dans la vôtre.

Avoir le front de donner à cette fille les renseignements nécessaires à l'envoi d'une missive dont chaque atome est un cheval de Troie. J'ai beau être plus âgée que vous, je sais les maléfices de notre modernité. Sa lettre a été écrite avec un clavier et l'appareil qui en a assuré l'impression a déposé sur le papier plus de caméras à la surface de chaque caractère qu'il n'existe de facettes sur l'œil de la mouche.

Ces machines s'insinuent dans les pupilles en même temps que les mots et débarquent par bataillons dans votre cerveau qui se retrouve pareil à un grand magasin placé sous surveillance électronique jusque dans les cabines d'essayage, les lavabos et le cagibi où les riches clientes âgées sont autorisées à faire un somme entre deux achats. À l'heure où je vous parle, elle doit ricaner votre Marie-Bérangère derrière sa pagode d'écrans, de loupes, de haut-parleurs, prendre nombre de clichés de mes cogitations et se gausser de voir mon esprit dans le plus simple appareil.

Je vais par votre faute mener une existence de possédée jusqu'à la fin de ma vie. Il est horrible de ne pouvoir dissimuler sa mentalité. La nature nous a donné un crâne pour servir de solide sous-vêtement à notre vie intérieure et je sens déjà ses doigts fourrager mes pensées comme touffe d'herbes folles.

Oubliez notre charmant projet. Nous continuerons à subir Geoffrey comme une maladie dégénérative qui finira par nous délabrer. Vous garderez votre rancœur, moi ma haine. Mais si vous préférez ma haine je vous l'échange sans barguigner contre votre rancœur.

J'entends les sirènes de la police sur la promenade Proust. Fasse le ciel qu'on ne vienne pas me cueillir déjà. Aujourd'hui, assassiner son enfant est considéré comme un crime plus grave encore que le parricide. Il me faudra trouver un médecin sagace pour inventer un nouveau syndrome afin de me tirer de ce mauvais pas. Celui de la mère affligée d'un fils qui s'est trompé de père conviendrait sans doute. Encore faudra-t-il le démontrer devant la cour d'assises.

Je ne vous embrasse ni ne vous invite à Cabourg. Décomposez-vous donc à votre domicile tandis que je me putréfierai de mon côté dans l'absolue solitude de ma chambre à coucher que je m'apprête à intégrer en plein midi. Je méditerai sur mon guignon dans cette douillette cellule en espérant ne pas devoir troquer bientôt mon lit contre la paillasse d'un pénitencier.

Jeanne

Chère Jeanne,

Vous voilà colère pour une peccadille. Je ne me serais pas permis de communiquer votre adresse ni même de signaler votre existence à toute autre personne que l'humble mienne. Si j'étais coupable, ce serait d'avoir omis de vous prévenir que pareille à beaucoup d'artistes je souffrais de schizophrénie. Il m'arrive donc de devenir une autre l'espace d'une heure, d'un mois, d'une saison.

Le jour où je vous ai écrit cette lettre, j'étais en effet Marie-Bérangère d'Aubane et j'étais bien obligée de signer de son nom. Ma mère était une d'Aubane, ce nom n'a pas de quoi surprendre les gens qui me connaissent. Il me semble du reste vous avoir confié lors de notre week-end que j'avais du sang bleu. Avec un peu de jugeote, vous auriez pu faire le rapprochement et déduire que cette amie était à ce point mon intime que c'était moi.

Ne soyez pas inquiète, mes doubles sont discrets. Marie-Bérangère n'ira jamais nous dénoncer, elle craindrait de finir avec nous dans la geôle. C'est du reste une fille sans hargne à qui la délation est étrangère. Son seul défaut est d'être gourmande. Quand elle prend ma place trop longtemps j'hérite de trois ou quatre kilos superflus qui m'obligent à entreprendre un rude régime pour en venir à bout. Mais ne dit-on pas que la gourmandise est un péché véniel ?

Vous voudrez bien vous montrer compréhensive la prochaine fois qu'elle se manifestera. Je ne doute pas d'ailleurs que vous changiez de personnalité à l'occasion, même si vous ne prenez pas la peine de modifier pour autant votre intitulé. Ce qui peut s'avérer une cause de confusion.

Un dernier mot à son sujet. Marie-Bérangère n'est pas toujours au courant des dernières actualités de sa propre existence. Elle a définitivement abandonné la cuisine numérique depuis des lustres. Un article paru dans un journal gastronomique l'accusait d'escroquerie et les réseaux la prétendaient sur le point de mettre sur le marché une application permettant de multiplier les pains, ce qui lui valait une cabale du Vatican.

Elle a créé récemment un site immobilier destiné aux aveugles et aux malentendants. Nombre de beaux logements donnent sur un mur, ce qui grève leur prix de vente. Les non-voyants se fichent bien de la vue et grâce à sa sélection ils peuvent se loger à petit prix. Quant aux sourds, peu leur importe le bruit d'un train, d'un métro frôlant leurs fenêtres, d'un hôpital mal insonorisé où de jour comme de nuit hurlent les opérés. Pareil environnement entraîne un rabais de plus de quarante-cinq pour cent.

Ceux qui ne voient ni n'entendent peuvent habiter un appartement dont le salon donne sur un paysage obstrué et les chambres sur un aéroport. Les plus chanceux de ses clients ont en sus perdu l'odorat et sont assez estropiés pour ne jamais sortir de chez eux. Ils peuvent donc de surcroît supporter un logement sans escalier dans un quartier malodorant. Afin de ne pas laisser leurs biens à l'abandon, les infortunés propriétaires leur versent salaire pour qu'ils les habitent.

Non, ma chère, n'oublions pas Geoffrey. Il mérite le pire et son cas s'aggrave au fur et à mesure que passe le temps. Depuis que je l'ai prié de quitter ma vie, il n'a pas daigné faire un seul instant le pied de grue devant ma porte. Je ne le savais pas aussi impertinent. C'est bien le premier de mes amants bannis à se conduire avec autant de mépris, à me manifester si peu de tendresse, d'amour. Ils sont légion ceux qui ont passé des nuits entières sous ma fenêtre à irriguer les caniveaux de leurs larmes, à faire déborder les égouts de leur chagrin, donnant des sursauts aux plaques de fonte à chaque sanglot.

Geoffrey me pense guérie de lui. La rupture qui désinfecte, tue les derniers germes de notre béguin usé. Les hommes nous croient douées pour l'oubli, nous supposent la faculté de tuer le passé tout autant que de donner la vie. Ils nous imaginent détentrices de tout ce qui leur manque et après le coup de genou que nous avons asséné dans leurs attributs, en descendant pliés en deux l'escalier avec leur balluchon sur l'épaule, ils sont persuadés que notre cerveau est nettoyé des derniers miasmes d'eux et propre comme un nid neuf prêt à accueillir le prochain mâle qui nous échoira.

Hélas, nous sommes peu oublieuses, les femmes sont des archives. À chaque fois nous tombons amoureuses de tous les hommes que nous avons connus. Un nouvel amour, une cohorte et nous sommes persuadées que ce petit nouveau vêtu de sa belle robe de chair de mec dont nous ne devinons pas encore les coutures en sera la synthèse, l'essence. Nous révérons jusqu'à sa bougie dont la flamme persistera à brûler pour nous à jamais, pas comme les autres dont la lueur s'était peu à peu éteinte ou qu'exaspérées nous avions rageusement soufflées.

Je suis une collectionneuse d'histoires d'amour, même si je crois à chaque fois que je vais vivre l'idylle absolue. Je me sens prête à jeter hors de ma mémoire ceux qui ont précédé, à effacer les vieux messages, déchirer les lettres, les photos, à oublier ces décevants qui jusqu'alors avaient balisé ma vie. J'hésite, n'en fais rien et finis par m'isoler un soir de dispute avec ces fétiches de mes béguins d'avant. Il me semble feuilleter le passé d'une autre. Je les trouve laids et crois voir dans leurs crânes virevolter des sornettes tant ils sont devenus transparents comme des bocaux. Je ne suis même plus certaine de les avoir connus. J'éprouve le besoin de les revoir afin de m'assurer qu'ils existent.

L'un après l'autre je leur donne rendez-vous dans un bar du quartier. Ils sont enamourés de me revoir, ils espèrent. Vous savez à quel point je suis belle ? Ils regardent autour d'eux, cherchent des yeux les clients en train de me contempler. Je crois qu'ils ne m'aiment plus, qu'ils ne m'aiment pas, mais l'orgueil que d'autres imaginent que je les aime les transporte, les soûle d'une ivresse d'homme qui n'en peut plus de vanité la première fois qu'il se sent chéri par une femme dont tout le monde pense qu'il est flatteur d'en être aimé. Que voulez-vous ? Je suis une de ces merveilles dont on se dit que les parents ne l'ont pas ratée, qu'ils ont réussi l'œuvre de leur vie, la transmutation de gamètes en rêve.

Quand ils ont terminé d'observer la salle, leur regard se plante profondément dans le mien. Ils se cherchent dans ma psyché, croient s'y reconnaître trônant comme un pacha dans un salon d'apparat, moi comme une esclave, une levrette afghane aux pieds du schah d'Iran. Ils m'offrent le mariage, des enfants, leur vie. Déjà ils m'écœurent d'avoir été, d'être toujours, de n'avoir pas eu l'élégance de demander l'euthanasie après notre séparation. En rentrant, je les ai oubliés.

Le silence de votre fils m'humilie. En moi la femme bafouée crie vengeance. Peu avant de le congédier je le souhaitais mort d'un infarctus afin de m'épargner les complications d'une rupture. Être sa veuve éplorée aurait ajouté une note romantique à mon charme mais aujourd'hui je serais bien chagrine qu'il meure de sa belle mort. Je ne connaîtrai la paix de l'âme qu'après avoir contribué peu ou prou à son assassinat. Le mieux serait de nous servir d'une péronnelle pour l'attirer dans quelque carrière afin de pouvoir le torturer durant quelques jours. À force de mauvais traitements, il finira par mourir dans des souffrances considérables.

Nous louerons une maison de campagne pour l'apprêter. Après avoir salé et poivré sa dépouille, tenant chacune une extrémité du manche sur lequel nous l'aurons empalé, nous le ferons griller à la broche au-dessus d'un feu de sarments de vigne et de bois d'olivier. Nous pilerons ses os dans un mortier afin de pouvoir nous repaître de sa moelle montée en mousseline avec un kilo de bon beurre. Nous aurons ameuté la veille les amateurs sur un forum d'anthropophagie, les invitant à venir ripailler en notre compagnie autour d'un tonnelet de vin.

Nos commensaux ne se gêneront pas pour filmer les agapes, aussi porterons-nous des loups afin de ne pas être reconnues par la police à l'occasion d'une de ses incessantes rondes sur le Net. Un loup aura l'avantage de laisser la bouche libre de s'ouvrir grande pour consommer Geoffrey à notre aise. Nous pourrons barbouiller le reste de notre visage avec un de ces fonds de teint qu'on utilise à la télévision pour flouter les intervenants qui entendent garder l'anonymat. De même, nous déformerons nos voix à l'aide d'un procédé que nous achèterons en liquide dans un magasin de farces et attrapes. Nous le clipperons sur nos luettes.

Il est important de commettre un crime parfait. Votre fils ne vaut pas les ennuis que pourrait nous valoir un assassinat bâclé. Sa mort doit nous ouvrir la porte du bonheur. Il y a au fond de moi une petite fille pleine d'espérance qui attend l'extase. Il ne me l'a certes pas procurée au cours de notre liaison, que son agonie me la donne. Le sacrifice de cette immondice justifiera son apparition en ce bas monde. Par ses souffrances il aura donné joie et félicité à deux humaines qui lorsqu'elles auront achevé de le digérer lui pardonneront peut-être d'avoir croisé leur existence.

Je vais faire ce soir un dîner de viande en fermant les yeux pour imaginer que je suis en train de savourer un morceau de lui. Mon Dieu, que votre fils sera goûteux avec une once de moutarde. Nul besoin de jardinière de légumes, nous le mangerons bien grillé et il craquera sous la dent comme les croquantes endives dont vous raffolez.

Jeanne, comme je vous aime. Je rêve chaque nuit de votre sourire carnassier, de vos yeux de prédatrice, de votre visage poupin aux joues rubicondes de cannibale. Quelle bonne idée vous avez eue de naître. Ce crime fera de nous des héroïnes qui entreront dans la légende du XXIe siècle car dans dix ans notre crime sera prescrit et nous entreprendrons alors une tournée mondiale afin de promouvoir nos mémoires et nous starifier.

Quand aurai-je le privilège de vous revoir? Mon emploi du temps est à vous. Dites-moi le jour et l'heure, j'apparaîtrai à point nommé.

Noémie

Noémie,

Quelle folie d'être une pareille jeune femme. A-t-on idée d'être double ? N'est-ce pas assez pénible déjà d'être une fois ? Se réincarner, passe encore, mais habiter d'autres consciences, être un couple jusqu'au saint des saints de soi-même ? Violer sa propre intimité, introduire la zizanie en son for intérieur, faire de ce lieu d'harmonie une sorte de foyer où on se dispute comme des concubins ? Je vous plains d'avoir quitté la terre ferme de l'individualité pour aller patauger dans les marécages du dédoublement où s'enfoncent les fous.

Puisque vous aimez l'informatique, consultez donc des sites d'hôpitaux psychiatriques. Ils doivent proposer des poudres digitales qui mêlées à l'eau tiède accomplissent les mêmes prodiges que ceux des exorcistes dont regorgeaient les siècles de jadis. Les douches froides peuvent aussi vous être d'un grand secours.

Petite coquine, vous me parlez de la disparition de Geoffrey avec une candeur de pucelle. Rôtir son fils, quel projet cocasse pour une maman. Cela me rappelle un méchoui à Cahors où nous avions été conviés avec Poutine dans les années 1970. Quel beau printemps ce printemps-là, nous nous étions réfugiés sous la marquise en toile blanche pour ne pas périr d'insolation. J'ai encore sur les papilles le goût du cocktail à la figue de Barbarie dont nos hôtes nous hydrataient. Nous vidions avidement nos verres en regardant grésiller la bête au-dessus du brasier où flambait une branlante commode Louis XV dont ils étaient lassés.

Manger son enfant ? Je crois bien que c'est le fantasme enfoui de beaucoup de mères. Ingurgiter ce que nous avons un jour expulsé, rendre à la nature le fruit de nos entrailles. Elle en fera des fleurs, un arbre ou de minables orties. Ne laisser derrière soi aucune trace de son passage éphémère sur cette planète le plus souvent assez mal lunée pour nous maltraiter et semer tracas, angoisses et frustrations sur notre petit lopin de joie d'exister. Oui, Noémie, vraiment vous me tentez.

Votre jeunesse vous permettra de vous acoquiner facilement avec une bande de ces salopiots qui hantent les rues. La plupart sont si vicieux qu'ils nous serviront gratis pour le plaisir du crime. Nous n'aurons nul besoin de louer une propriété, je possède trois maisons de campagne, sans compter ma villa de Menton où la chair de ma chair cuirait face à la mer.

Il vaudra mieux l'exécuter au mois de juin quand les journées sont longues, ensoleillées et la nature délectable. Nous entreposerons d'abord quelques jours sa dépouille dans un local frais et aéré afin qu'elle se faisande. La viande de boucherie n'est jamais vendue le lendemain de l'abattage, on doit laisser bactéries et micro-organismes aller leur train pour la rendre plus savoureuse et tendre. Puis, armées de scies et de grands coutelas, nous la dépècerons. De beaux morceaux tranchés fin dans le sens des fibres. Vous n'aurez qu'à vous exercer auparavant chez vous sur une biche ou un cabri.

Je ne peux vous inviter ce week-end. Geoffrey s'est annoncé. Craignant de lui mettre la puce à l'oreille, il va de soi que j'ai accueilli la nouvelle en contrefaisant la cordialité. Un goujat, cet enfant. J'aurais dû autrefois lui inculquer de la politesse les rudiments. Trop tard, il est trop tard, que sonne donc le glas.

Je vous embrasse fort, petite fée. Vous êtes une Carabosse, une de ses nièces pour le moins, mais le diable vous a donné toute la beauté qu'il lui avait refusée. Vous êtes la petite-fille que je n'aurai jamais, car ce Geoffrey est trop égoïste pour un jour se reproduire et de toute façon, de vous il n'aurait obtenu que des ersatz de vous.

Je vous embrasse et vous aime délicieusement.

Jeanne

Maman,

Quel week-end pourri tu m'as servi. Combien je regrette de n'être sorti plutôt de la vulve de tante Blanche. Une femme contrefaite mais aimante qui si elle n'avait pas subi adolescente une hystérectomie aurait mis au monde une smala d'enfants qu'elle aurait aimés comme Isolde, Tristan. J'entends encore le bruit des baisers qu'elle déposait sur moi lors de mes séjours estivaux dans sa villa landaise à l'heure de la toilette du soir. Après m'avoir laissé barboter à ma guise, elle m'arrachait à la baignoire et me serrait ruisselant contre son sein comme une petite maîtresse son prince frigorifié émergeant du lac de Constance.

Si la question de l'héritage ne modérait tant soit peu ma colère, sache que je te renierais officiellement auprès d'un officier d'état civil. La belle aventure que de jeter sa mère aux ordures. L'anthume poubelle de l'oubli dans laquelle un fils bafoué abandonne sans regret sa faiseuse. La joie quelques années plus tard de savoir cette grue enfin posthume. Un beau souper d'adieu au cimetière où les mets fumeront sur la dalle auprès du vaste seau à glace où trônera un jéroboam de Dom Pérignon. Dans les allées, la sarabande des invités fin soûls, riant à pleine gorge, chantant des chansons lestes au faîte des arbres qu'ils auront escaladés comme des singes.

J'aimerai ta mort. Seule la lâcheté m'a retenu dimanche de te planter mes dents dans la gorge. Me faire vampire le temps de te vider du sang immonde dont hélas je comporte quelques gouttes mêlées comme un poison au sang de mon père. Te boire à pleine bouche, vin misérable, liqueur de cloaque.

Tu m'as toujours aimé en dépit du bon sens. Un jour câline, me gavant de serments éternels. Le lendemain me vouant aux gémonies, cisaillant mon lapin en peluche, jetant les morceaux dans le mixeur avec un verre de lait et m'obligeant à avaler la mixture à la place de mon porridge.

Adolescent, tu rompais avec moi sur un coup de tête et me mettais dehors sans me laisser le temps de faire mon sac. Je goûtais des poubelles des restaurants, de l'eau des robinets d'arrosage municipal, attendant la nuit noire pour me débarbouiller avec une savonnette chipée la peur au ventre à l'étalage d'un droguiste.

Depuis quelques années, tu me tolérais. Pas de débordements d'affection, mais une sorte de trêve, de statu quo. Je te faisais chaque mois une visite de courtoisie et si tu me recevais sans réel enthousiasme, tu prenais malgré tout la peine de me jouer la comédie de la parenté. Tu me traitais comme un homme auquel on est vaguement lié par un lien biologique perdu dans les méandres d'une généalogie complexe dont personne n'a vraiment pris la peine de dessiner les branches. Tu ouvrais pour moi un sachet de jambon, de carottes râpées, les jours de ripaille tu cassais un œuf, même si tu refusais de m'héberger, supportant que je dorme à l'occasion dans ma voiture quand en plein mois d'août les hôtels de la ville n'avaient plus de chambre à louer.

Tu me tolérais cependant. Il t'arrivait même d'évoquer la possibilité d'un bonheur commun. Des vacances dans une de tes propriétés avec Noémie et au lieu de l'enfant dont j'aurais pu légitimement éprouver le besoin pour profiter avant la vieillesse des joies de la paternité, le roquet que tu nous souhaitais. Tu n'avais que mépris pour cette fille que tu accusais d'être peintre et malgré sa vingtaine tu espérais que je lui en préférerais une autre plus fraîche encore, comme on change la fleur piquée à la boutonnière de son spencer.

Depuis mon débarquement sur terre tu médites ma perte. Tu m'as toujours considéré comme un imposteur. Dès l'accouchement tu n'as pu résister à la tentation d'essayer de m'étrangler alors que tu n'avais encore expulsé que ma tête. Je me rappelle les paroles de la sage-femme t'enjoignant de garder les bras le long du corps pour ne pas entraver la phase ultime du travail. Avec les années j'avais enfumé les cases de ma mémoire où sommeillait cet incident malencontreux. Il m'apparaît ce soir net et terrible.

Tu as pris dimanche un malin plaisir à me rappeler ta déception de n'avoir pas mis au monde l'enfant de tes rêves. Les noires dentelles dont tu avais paré mon berceau, petit cercueil perdu au milieu de la sinistre nursery en sous-sol avec ses lucarnes à ras du jardin diffusant une lumière verte, comme si dehors le soleil était moisi. Le jour de mon baptême, tu as tant houspillé le prêtre qu'il a fini par accepter de me donner dans la foulée l'extrême-onction devant la famille éberluée. Tu espérais que le sacrement des malades me donnerait l'idée de contracter une de ces infections qui à l'époque moissonnaient encore tant de bébés.

Combien de carabines m'as-tu offertes ? Combien de revolvers, de pistolets, de poignards ? Je dormais enroulé dans le matelas de mon lit, espérant qu'il me servirait de gilet pare-balles dans mes cauchemars. Tu me forçais à jouer avec toi des saynètes dont tu étais la femme fatale, moi l'amant trompé qui finissait par s'immoler d'un coup de feu.

Tu essayais de faire de moi un tueur. Je devais viser les baigneurs avec un fusil à lunette, éclater d'une balle les ballons des gosses et leurs cornets de glace. Quand passait l'hélicoptère de la gendarmerie, tu m'obligeais à m'embusquer derrière les volets entrouverts pour le canarder.

Le temps avait fini par estomper mon enfance. Cette Noémie m'allait bien, une fille ravissante à qui le talent conférait une aura. Son pas de côté hors de ma vie m'avait blessé. Au lieu de me dispenser des paroles consolatrices, pourquoi m'as-tu proposé dimanche en guise de citronnade un grand verre de ce liquide dont tu avais acheté un flacon l'an passé pour déboucher le siphon de ton lavabo ?

Je te demande de m'oublier.

Geoffrey

Chère Jeanne,

Vous trouverez sous ce pli une lettre que Geoffrey m'a adressée par erreur. Rédigeant l'enveloppe, sa main aura glissé. Décidément, la correspondance privée devient une notion théorique, à force de ne plus les utiliser nous ne saurons bientôt plus gouverner nos plumes. Un jour, elles reprendront leur liberté et on verra passer des escadrilles d'oiseaux hérissés de beaucoup plus de stylographes que de plumes d'oie.

Épargnez-vous la peine de me communiquer la teneur de cette lettre, je l'ai tant relue que je la sais par cœur. Je ne vous cacherai pas mon désarroi en apprenant votre tentative de meurtre cruelle et sotte. Le voilà alarmé, notre projet compromis.

Comment l'attirer désormais ? Il s'est vu boire la ciguë, il craindra dorénavant de visiter celle qui lui a proposé ce breuvage. En outre, je suis sûre qu'il nous soupçonne de connivence. Il évitera d'honorer mon invitation à dîner si par hasard je décroche mon téléphone pour le solliciter. Je me sens triste, désemparée, petite enfant perdue dans la jungle d'un jardin anglais où au lieu de myrtilles sauvages prospéreraient les ronces.

J'ignorais que Geoffrey envisageait de me féconder. Le prurit de la maternité m'est étranger mais quand un homme me réclamera un enfant je me hâterai de le lui donner. Si la responsabilité de la venue au monde d'un nouvel exemplaire humain m'était épargnée, je me rirais des désagréments de la grossesse, des douleurs de l'accouchement, du chagrin même de le perdre si devenu adolescent il se fracassait en faisant l'acrobate sur le bord d'un toit pour prendre de lui un hasardeux selfie.

Geoffrey est trop orgueilleux pour s'oublier et qu'est-ce qu'aimer sinon préférer l'autre à soi-même ? Devenir mystique, remplaçant Dieu par une créature, aller le cas échéant au-delà du martyre en acceptant de faire fi de son salut pour plaire à l'élue ? Comme elle est bienheureuse la femme choisie, devenue pour l'amant la seule humaine de la planète, la seule vivante, l'objet unique dont tout le reste n'est qu'utilités pour accroître son bonheur encore. L'amour est inaccessible, autrement ce n'est pas l'amour. Je n'aime ni l'échec ni la médiocrité, plutôt que me vautrer j'ai préféré évacuer cet idéal dont chaque être a en lui l'idée confuse au fond de l'âme, cette preuve ontologique que les théologiens réservent traditionnellement à la divinité.

Il y a en moi une sorte de fétu qui l'insupportait. Un fétu, un déchet, une broutille, mon petit moi. Il voulait m'investir, insensiblement me dissoudre et peu à peu me remplacer. Être aimé par son propre reflet, son écho, la réverbération de sa propre lumière. Un cerveau de femme vidé comme de ses entrailles le ventre d'un poulet. Il aurait voulu m'arracher ce pépin dur où dedans une femme existait. Je suis imparfaite, fantasque, inconstante mais comme tout le monde je suis une apparition unique depuis les temps lointains où des humains se sont mis à naître et je tiens fort à ce qu'à l'exception de mes doubles révocables d'un signe de tête personne n'ait l'outrecuidance d'exister à ma place.

Il m'écrasait. Il était pareil au Patapouf de mon enfance, l'ours, le gros chat qui serre dans sa gueule la souris. Il m'aimait à condition que j'aie perdu le combat. L'amour est la boxe des amants et quand l'un a perdu par K-O, l'amour ne se relèvera plus jamais. On les plaint les perdants, on les secourt, on les supporte mais on rêve secrètement d'en être débarrassé et on s'en va. Si je m'étais laissé dépouiller de mon charmant petit moi, lassé de se voir en me regardant, agacé de s'entendre, il s'en serait allé arracher l'ego d'une autre.

Tuer Geoffrey m'excite encore. Qu'il meure me plairait, aucun remords à redouter si j'étais le bras armé de son assassinat. J'en mangerais ma part de grand appétit, je ferais joyeusement craquer ses vertèbres comme pattes de homard avec un casse-noisettes. Je suis prête à m'en faire une fameuse ventrée, à souffrir sans regret de dyspepsie pendant toute une semaine mais mieux vaudrait pour moi avoir accepté auparavant un de ses spermatozoïdes. En définitive, être mère me tente. Les honneurs me plaisent et la maternité est une médaille. Imaginez ma vieillesse, croulant sous la gloire, l'argent, les soupirants ravis de planter leur piolet dans les vestiges de ma beauté passée pour le seul plaisir de pouvoir dire qu'ils ont eux aussi creusé la diva et mon humiliation de m'entendre traitée dans mon dos de femme sans enfant. Une plante à jamais stérile, le vent souffle dans ses feuilles sans étamines et nulle part la moindre pousse dont elle puisse se vanter. Cette perspective par avance me vexe.

Autant l'animalcule de Geoffrey que celui d'un passant. Une luciole dans mon ventre, une petite lueur enflammant un de mes adorables ovules et puis la venue au monde d'une torche vive qui embrasera la terre. Un holocauste de toutes nos valeurs à l'agonie comme ont su en allumer César, Copernic, Steve Jobs et Ben Laden. Un enfant ? Mais je suis assez jeune pour en engendrer à l'envi. Devenir une poulinière de héros.

Votre fils m'intéresse. Je l'attirerai chez moi, le séduirai par des cajoleries, lui extirperai sa semence tandis que vous surgirez poignard au poing et lui crèverez le cœur. Nous n'aurons plus qu'à le rouler dans du papier bulle pour lui donner l'apparence d'une statue en habit de voyage. Nous le descendrons promptement jusqu'à la rue, l'installerons à l'arrière de son break, galoperons toute la nuit jusqu'à Menton en écoutant des quintettes. Au matin, nous dresserons la table et apprêterons la viande du banquet.

J'espère que cette lettre vous trouvera pétillante d'enthousiasme. J'ai hâte de déguster sur votre fraîche terrasse une myriade de vos délicieuses crêpes au chocolat ou simplement saupoudrées de cassonade.

Noémie

Maman,

Quelle ne fut pas ma surprise cette nuit en roulant vers Le Havre d'entendre la voix de Noémie sur une vieille station de radio dont je croyais l'antenne foudroyée et les studios noyés corps et biens dans les derniers clapotis des années 1990. Une courte intervention avant que la station fantôme ne rejoigne sans doute la poussière du siècle dernier.

J'en ai assez entendu pour apprendre que vous persistiez à correspondre et passiez à l'occasion un week-end ensemble à Cabourg pour évoquer mon cas. Vos perversités se plaisent donc, un coup de foudre crapuleux entre une vieille dame et une jeune femme sortant de l'œuf réunies par le désamour d'un homme qu'elles ont peut-être aimé un peu jadis ou naguère. Je ne comprends pas pourquoi Noémie s'intéresse encore à moi. Peut-être ne me pardonne-t-elle pas de m'avoir quitté ? Elle est fragile, un rien la bouscule et notre rupture l'aura effondrée.

Elle est comme ces villages des Andes posés sur un rocher qui attendent le premier tremblement de terre pour tomber dans le vide. Du reste, elle tombe depuis longtemps. Je me suis pris d'amour pour une chute. Elle est amoureuse, mais elle ne sait si c'est d'elle, d'un homme, d'un éclat de mica dans lequel elle se réfléchit ou de rien. Elle se précipite du haut des falaises, sans ailes, sans parachute, elle a entendu parler de l'amour comme d'un trésor, elle croit en voir briller les ducats au fond de l'eau. En elle passent les hommes et on ignore sous le règne de quel amour elle prendra la mort pour une chance.

Tombant amoureuse sans jamais parvenir à aimer, elle ne connaît rien de l'amour. En fait, l'amour l'irrite, elle le trouve bête, le tient pour un idiot. Un jour qu'elle raccompagnait un employé venu relever son compteur d'eau, je l'ai entendue lui murmurer à l'oreille *l'amour est un con*. Ébaubi par cette sentence sortie sans crier gare de la bouche d'une usagère, il s'est enfui en oubliant son registre qu'il n'est jamais revenu chercher.

Tu lui sers d'exutoire. Depuis longtemps, ses connaissances se sont lassées de l'entendre décrier ses amants de la veille. Quand elle entame sa complainte, les pièces se vident, les réseaux capotent, les interlocuteurs rencontrés dans la rue se font silhouettes au carrefour. Tu es la seule de l'univers à trouver quelque intérêt à sa logorrhée. Quant à toi tu es isolée, je suis ta seule famille, ton voisinage te déteste, les mouches volent la cire des abeilles pour se boucher les oreilles et ne rien entendre de tes radotages. Noémie est le dernier canal qui te relie à la société.

Le soir où j'ai aperçu Noémie, pour la première fois l'amour m'a pris. Elle est partie, j'ai toujours l'amour sur les bras. Je ne sais qu'en faire, où l'entreposer, dans quelle décharge m'en débarrasser.

L'orgueil m'étouffe, ma douleur est aigreur, c'est un vinaigre dont on pourrait rire aux éclats si on pouvait rire d'un vinaigre.

Geoffrey

Geoffrey, mon amour,

Tu as dû entendre parler de l'attaque du centre de tri
postal Paris nord par des affamés à la recherche de colis
roboratifs. Pris sur le fait, aussitôt déférés, ils purgent déjà
leur peine. La distribution n'en a pas moins été ralentie
et je n'ai pu lire plus tôt la dernière lettre que tu as envoyée
à ta mère dans laquelle tu confesses enfin ton aigreur.

Je ne la commenterai pas, un fils a bien le droit de vider
son cœur dans celui de sa génitrice. En revanche, il me
semble nécessaire de remettre en question cette rupture
dont je passe pour responsable depuis le début de notre
séparation. Tout est parti d'un message par moi rédigé le
jour de mardi gras dans un moment de blues. À la relecture,
je ne puis que constater l'innocuité de ces quelques lignes
carnavalesques dont le vocabulaire acerbe était le dégui-
sement de ma passion pour toi. Comment as-tu pu prendre
cette mascarade langagière au sérieux ? À ton âge avancé,
tu sais bien qu'elle est réversible la parole des femmes.
Nous disons entrer pour sortir, boire pour manger, quand
nous prétendons monter nous dévalons et si nous nous
oublions jusqu'à dire *je t'aime* c'est souvent pour clore une

interminable dispute avec celui dont nous comptons nous débarrasser à la fin des vacances.

Je n'imaginais certes pas me séparer de toi. Un simple coup de semonce pour le plaisir de te voir me revenir contrit, repentant, pleurant à verse. J'aurais retoqué tous tes appels, tu aurais submergé en vain mes boîtes de suppliques. Tu m'aurais suppliée à genoux sur le palier, tu m'aurais alpaguée dans l'escalier et moi de te chasser d'un revers de main, te mouiller de postillons, de porter plainte pour que tu subisses l'humiliation de la garde à vue.

Un mois de malheur pour l'homme de ma vie, qu'il morde la poussière, connaisse le désespoir des amants honnis, néglige ses affaires jusqu'à la banqueroute. Un corps amaigri, des joues hâves, une cage thoracique aux côtes saillantes comme les barreaux d'une cage. À moins que de tristesse il n'ait grossi, une boule prête à dévaler Paris jusqu'à la Seine qui la gobera à gorge déployée.

Que l'homme soit fou de chagrin. C'est la meilleure preuve d'amour qu'il puisse nous offrir. Un clebs blotti dans un carton abandonné devant mon immeuble. Les passants charitables lui jetant des morceaux d'aloyau qu'il recrache comme de vieux chewing-gums. Les nuits à japper dans le caniveau, le regard mendiant à chaque fois que j'apparais sur le seuil avec mes yeux de banquise.

Tu m'aurais ainsi démontré ton attachement, ta bonne volonté, tes remords de ne m'avoir point assez adulée. Je dois être une idole pour l'homme de ma vie autrement je n'aperçois plus dans le miroir qu'une beauté évanouie. Je veux de toi la lumière, l'éblouissement, l'incandescence.

Comprends enfin que tu es né pour te consumer dans mes bras.

Pourquoi vivraient les hommes ? Pourquoi sont-ils admis à vivre ? Pourquoi prenons-nous la peine de les mettre au monde ? Nous nous passons le relais de génération en génération, solidaires de nos consœurs d'hier, celles qui sont trop vieilles pour enfanter, celles qui sont mortes depuis longtemps, mères d'humains, mères de primates, mères de tortues, mères de termites, mères de dinosaures, mères de toute espèce encore en carafe dans les coulisses où l'avenir piétine. Vous êtes nés pour nous aimer, nous souffrir et quand nous vient la larme à l'œil, c'est pour mieux vous faire boire la tasse dans une baignoire de sanglots.

Reviens-moi, mon amour. Sonne à ma porte. Qu'apparaisse ton visage repentant marqué des stigmates du supplice des abandonnés. Dis adieu au bonheur, l'amour est une bonne douleur que les hommes supplient les femmes de leur infliger depuis la nuit des temps.

Approche, Geoffrey chéri, je ne suis pas plus cruelle qu'une autre et je suis plus jolie.

Noémie

Geoffrey,

Tu n'as jamais supporté qu'autre que ta petite personne adresse la parole à ta mère. Cette Noémie trouve plaisir à correspondre avec moi et je me borne à lui répondre par simple politesse. Tu aurais voulu peut-être d'une mère mufle ?

Au fil de notre correspondance nous ne t'avons jamais évoqué. Nous causons cuisine, chiffons et métaphysique. Nous autres femmes sommes gens de bouche, d'élégance et de cervelet. Tu es sot d'avoir cru l'entendre à la radio. Je la connais assez pour savoir sa répugnance à s'exprimer en public.

Tu la crois fière, infatuée, alors qu'elle aspire à l'obscurité. Elle peint pour le plaisir exclusif de ses yeux, elle rêve d'exposer dans une galerie qui accepterait de voiler ses peintures afin d'éviter les jugements des rastaquouères qui vantent le monde aux dépens de son reflet et de sa transcendance. Des grossiers qui bientôt feront boucher les étangs pour qu'ils ne servent plus de miroirs au ciel.

Quand tu les auras en ta possession, fais-moi donc parvenir ces étranges lettres où nous déviderions la pelote de ce coup de foudre crapuleux dont tu nous supposes les foudroyées. Elles te parviendront peut-être sous forme d'un poisseux ruban de phrases qui fileront du robinet de ton lavabo un matin où tu t'apprêteras à déposer dans la vasque ta petite commission. Tu nous enverras ce serpentin puant la vase. Dame, ils ne sont pas tout neufs les mots que nous triturons depuis tant de siècles, on peut leur pardonner d'exhaler une odeur de temps.

N'importe, j'ai hâte de humer ceux-là. Voilà qui nous promet de belles parties de rire avec ton ancienne Noémie qui à présent est mienne, en découvrant toutes ces horreurs sans doute échappées à notre insu d'un flacon d'encre frappé de nos initiales en carafe entre Paris et Cabourg.

Elle te salue, ta mère qui aimerait un jour trouver la force de ne plus t'aimer et qui cependant éprouve encore envers toi l'affection qu'on voue à un matou méchant, tout pelé, depuis longtemps décédé, quand on se remémore à quel point il était délicieux du temps où on était fillette et lui chaton.

Maman

Chère Jeanne,

Je crois bien avoir mis à Geoffrey les points sur les i qui manquent à son prénom. Une missive ? Un missile plutôt, un raid sur la centrale où bouillonne son orgueil. La femme a le devoir de rabattre aux mâles leur caquet, pauvres coqs qui feraient mieux de cacher honteusement leur crête comme un condylome.

Qu'à la ville ils coquettent, se pavanent, comparent leur pénis en se haussant du col dans les vestiaires de leur club de tennis, remplacent même les balles par les leurs pour se prouver leur virilité le temps d'un service, d'un set, d'un match tout entier s'ils sont assez vaniteux pour courir le risque d'esquinter leur anatomie. Certes, nous n'aimons pas les perdants, les victimes de l'économie libérale ni ceux d'où ne s'échappe en société qu'un murmure embarrassé de serpillière essorée. Qu'ils brillent en société mais de retour au foyer qu'ils baissent le nez comme des grondés.

Aussitôt rentrés, aussitôt sous la douche pour se débarrasser des souillures de la ville, puis un coup de rasoir, la caresse d'un peigne, un nuage d'eau d'Hermès, un caleçon fleurant l'assouplissant au pin des Landes, un pull en cachemire porté à même la peau, des mocassins flambants, un sourire récuré avec soin.

Qu'ils n'arrivent jamais les mains vides. Un bouquet, une gerbe de roses, un arbuste dans un pot en céramique décoré par Cocteau, un bijou, une bouteille de vin fin, un charmant stylo à capuchon de vermeil, une attention, la preuve matérielle de leur bonheur de nous retrouver après avoir passé une journée sous le harnais.

Nous sommes sévères sous nos charmes. Frêles cavalières chevauchant lourde bête, nous dirigeons notre monture d'une voix soyeuse comme un foulard et cinglante comme une cravache. Nous sommes dictateurs, tyrans, nous savons tirer parti de leurs faiblesses, titiller leur orgueil, les flatter et aussitôt les rabaisser pour qu'ils quémandent ensuite nos compliments à genoux.

Dites-leur qu'ils sont Dieu, que leur génie nous écrase, que leur intelligence réduit la nôtre à un simple ornement impropre à la réflexion, une fanfreluche, un grain de millet tout juste apte à comprendre leurs oracles. L'instant d'après n'omettez pas de leur signaler à quel point vous êtes déçue qu'un pareil cador se laisse aller à étouffer un hoquet dans la paume de sa main, à transpirer à la moindre saute d'humeur, à se montrer infoutu de terminer votre grille de sudoku.

Votre fils est d'autant plus odieux qu'il est architecte. Ces gens-là rêvent de détruire le monde. Ils attendent la catastrophe, l'explosion, le bienfaisant bombardement qui ne laissera pierre sur pierre et leur permettra de couvrir la planète des affreux bâtiments dont ils méditent comme des attentats la construction. J'ai toujours haï la race des bâtisseurs, j'ai embarqué votre fils sur ma gondole avec le dessein de le faire imploser comme une barre d'immeubles.

J'aime les amants en ruine, comme les archéologues les traces des civilisations disparues. Attendre pour l'abandonner qu'il soit devenu tas de cailloux. Je l'aime cet homme, mais l'amour est une patiente guerre, notre talent consiste à leur laisser croire qu'ils en seront les vainqueurs et nous les proies subjuguées.

Je l'avais jeté trop tôt, Geoffrey. Un fruit à moitié pressé encore juteux. Nous ferons éclater sa pulpe jusqu'à en exprimer la dernière goutte, il sera temps alors qu'il goûte la mort. Le torturer des années durant, faire de ses nerfs une harpe dont nous pincerons les cordes, composant d'atroces mélodies, chantant notre joie de la douce voix des femmes qui après l'amour fredonnent quelque aria, quelque romance, quelques mesures de grégorien en se dirigeant d'un pas léger vers la salle de bains d'où elles ressortiront fraîches et odorantes comme des pêches de vigne.

Je vous voudrais complice de mon instinct de pondeuse tout autant que de son assassinat. Que sa bourrelle porte son enfant tandis qu'elle appliquera le fer rouge. Un enfant comme une suprême vengeance, la joie d'élever le descendant du père supplicié. Je suis une femme libre qui entend s'ébattre au sein d'une famille monoparentale. Ils nous ont assez persécutées depuis l'Antiquité, à l'avenir nous serons les combattantes qui riveront leur clou à ces reproducteurs dont nous ne rechercherons dorénavant que le nectar. Divin nuage dont nous faisons des mômes.

Je vous embrasse tendrement, chère Jeanne. À propos, je porte ce soir cette culotte dorée dont je vous avais annoncé l'achat il y a quelques semaines. Elle répand ses paillettes dans mon intimité qui les diffuse à ma personne dans son entièreté. Je suis à ce point scintillante que je vous écris lampe éteinte.

Noémie

Maman,

Je ne t'aime pas, je te hais et pourtant je t'écris, à qui d'autre pourrais-je parler de Noémie?

Je l'imaginais prête à éclore. La jeune femme dont je partageais le lit était la coquille qu'un matin elle briserait. Rêve d'architecte, croire toujours que les idées se font plans et que les plans s'incarnent. Ils n'ont pas de chair, les bâtiments, mais les villes respirent, soupirent, se hâtent, paressent, dépérissent, se tavellent comme chair d'ancêtre.

Il y a des amours absolues dont le cœur bat si fort qu'elles finissent par s'effondrer d'une attaque. Chacun alors reprend sa vie comme après une fête sa voiture garée au fond d'une impasse. Moteur glacé qui tousse, se noie, redémarre cahin-caha. Les couleurs, les bruits, les voix des gens, la rumeur de la nuit retrouvent le même goût fade de quotidien.

L'opération a eu lieu, les siamois convalescents entrent en rééducation. Nous restent les cendres, on s'en frotte les yeux. On trouve du charme aux larmes, l'inverse des rires dont on éclatait ensemble en se promenant, en regardant les passants à travers la vitre d'un restaurant, en s'apercevant qu'on avait fusillé l'après-midi en ayant trop dormi après l'amour.

La rupture, levée d'écrous, ivresse soudaine de ne plus porter l'autre sur son dos. Le calme après la déflagration. Mer d'huile, solitude originelle. Elle est confortable, la solitude, c'est un berceau. On est quand même tristes, démantibulés, et puis on est furieux et puis on s'en veut de n'éprouver plus rien et puis on se prend à espérer que l'authentique amour demain on le rencontrera.

Même les morts de l'espèce humaine doivent espérer en se retournant dans leur tombe. Même toi, vieille femme plus indifférente encore au malheur du monde qu'un ossement, quand la tempête fait tourbillonner entre tes murs tous les meubles de ton appartement, certains soirs tu imagines découvrir après la tourmente, étendu négligemment sur la courtepointe de ton lit, l'homme que tu as cherché toute ta vie, projeté jusqu'à ton cinquième étage par une déferlante.

Geoffrey

Jeanne,

De tout mon cœur je vous remercie de m'avoir fait suivre la lettre de votre fils. Une litanie drapée comme ces statues romaines que les professeurs nous donnaient à peindre aux Beaux-Arts pour économiser le prix d'un modèle. Une harangue ridicule comme cette veste à grands carreaux de laines multicolores qu'il s'obstinait à porter chez moi pour me déplaire les soirs de pluie.

Ce n'est sûrement pas Geoffrey qui a écrit ce fatras où on raconte n'importe quoi. Il ne vit pas, n'éprouve point, la vie est pour lui une bourde qu'il essaie de corriger à coups de ponts sinistres, de stupides esplanades, de squares imbéciles et de sots ronds-points. Quelque écrivaillon l'aura aidé, peut-être un de mes anciens amants. Je me souviens avoir vécu toute une semaine avec un professeur de littérature comparée.

Et si la correspondance signée de son nom était d'un autre ? Un passant ébloui m'aura suivie, aura fracturé la boîte où je venais de jeter une lettre à vous adressée et volé vos coordonnées. Il aura compté me séduire par votre entremise, un de ces garçons timides et fous à mettre en branle une stratégie aussi abracadabrante que désespérée.

Si à mon insu je n'étais pas autant moi-même qu'on pourrait le supposer ? Si je ne l'étais point du tout ? S'il se trouvait que vous et moi étions les masques derrière lesquels se dissimulent des sournoises, des malveillantes, un scélérat tout aussi schizophrène que moi ? Si nous étions virtuelles ? Les avatars courent les rues et se multiplient de façon d'autant plus foudroyante qu'au lieu d'être soumis aux interminables formalités de la biologie, ils n'ont qu'à se dupliquer pour proliférer.

Même s'il était pour quelque chose dans l'écriture de cette lettre ou en était au moins le commanditaire, ce n'est pas de moi dont on parle dedans. Nous n'avons jamais été un couple mais deux guerriers en armure, l'orgueil sous la cuirasse, le soufflé de la vanité gonflant sous le heaume et la sexualité comme un tournoi où sans pitié dans mes chairs à vif il brisait des lances.

Geoffrey est un homme, je suis une femme, tout est dit. Je ne suis pas de ces filles indulgentes prêtes à transiger avec l'absolu. Si l'amour est un sommet inaccessible, je serai la première à y installer mon chevalet. Comment peindre, sinon en coloriant un panorama que personne n'a encore pu contempler ?

C'est le devoir des yeux d'inventer la beauté. C'est le devoir des amoureux d'inventer l'autre. Comment voudriez-vous chérir un être emprunté à la réalité sans en votre esprit le retoucher, éclairer sa grisaille, approfondir ses zones d'ombre à en faire des abîmes, illuminer le blanc de ses yeux pour servir d'écrin à l'ocre, au vert, au noir de son cristallin, lisser sa peau jusqu'à faire disparaître le moindre de ses grumeaux? Et son petit sexe ridé comme un vieux sous sa panse ou gros, balourd, presque gras à force d'être mafflu avec sa grosse tête sous le bonnet, les veines comme des souches ou semblables à de légers coups de crayon sur la peau pâle, ses fesses à peine fendues ou lourdes, large croupe, cul de plomb, sans parler des lèvres violettes, livides, crevassées? Comment voudriez-vous supporter de vous laisser approcher par un tel clown sans le sublimer?

C'est difficile de faire un amoureux. On peut parfois laisser son physique en l'état, certains sont beaux. Vous pouvez aussi le garder laid, aimer ses difformités, l'adorer d'être un Nosferatu, un chimpanzé, un escargot. Mais quelle femme se contenterait d'un bête, d'un sans-esprit, d'un mesquin, d'un sinistre, d'un être à fond plat, d'un plouc qui compte les grains de riz du dîner, vous couvre des cadeaux que d'ex en ex il a récupérés après chaque rupture, d'un violent qui vous enlace pour vous faire taire, vous serre à vous briser, d'un rhinocéros sans pitié qui vous poursuit de pièce en pièce pour vous encorner, d'un délicat à raconter vos nuits d'amour à ses collègues pour parader, à son père pour l'épater, à ses enfants pour leur montrer qu'il n'a pas vieilli, d'un fatigué repoussant chaque soir vos avances, vous rejoignant au lit culotté, attributs dissimulés entre ses cuisses compressées, d'un sonneur vous arrachant au sommeil d'un coup de gong pour vous sauter à toute volée et ces hommes lâches à craindre d'effleurer l'amour, à s'essuyer d'un revers de main après chaque baiser, à s'épousseter après chaque caresse, à se précipiter sur leur brosse à dents sitôt qu'ils vous ont goûtée ?

Il nous les faut admirables, forts, invincibles et d'une douceur indicible sous le roc. Nous passons notre temps à essayer de les consolider, d'empêcher leur médiocrité de poindre par les interstices, leur veulerie de transpirer, leur grossièreté d'empuantir, la vulgarité de leurs sentiments de sourdre quand ils s'abandonnent un soir de beuverie à menacer d'entrouvrir leurs soutes.

Les aimer ? Quel travail, quelle guerre. Les incessantes escarmouches, les combats à couteaux tirés quand ils nous bombardent de critiques, nous blâment d'une grimace en détectant une once de cellulite, en devinant qu'épuisée ce soir-là on a fait semblant de les désirer. Quand ils nous reprochent d'être une femme, pas un de ces copains toujours partants pour ricaner devant une bière, déshabiller des yeux et du langage cette passante jusqu'aux moelles, pas une amie d'enfance avec qui on partage jusqu'à la fin de ses jours une ribambelle de blagues de maternelle répétées en chœur pour faire resurgir l'époque révolue où les filles étaient des garçons, pas une mère enamourée devant son fils pissant ingénument pour faire mousser la mer et qui lui donnait une affectueuse tape sur le poignet quand il lui tirait la langue.

Ils nous prennent pour un public ébahi, éclatant de rire, les nourrissant d'applaudissements, scandant leur nom, se levant comme un seul homme pour qu'ils reviennent saluer encore. Et cette manie de nous prendre pour une sœur ? Inventer un lien imaginaire afin de mieux nous fuir, nous tenir à distance, éviter l'engagement, alors qu'il suffit d'un mot pour briser les serments éternels. Avec le temps, le lien de parenté qu'ils vous offrent se distend, vous devenez une cousine, une nièce et pourquoi pas une tante, une mère-grand, la vieille domestique qui leur administrait une pulvérisation quand un refroidissement les enchifrenait ?

Si on les laissait faire, si on laissait en roue libre passer le temps, on deviendrait pour eux une putain désintéressée, adorant le ménage, leur ouvrant les portes comme un gentleman, une cuisinière de haute école, une chambrière retapant le lit, changeant les draps en chantant, une gentille beauté distribuant comme des baisers son pardon à chaque vexation, une vierge rayonnante de pureté quand ils nous promènent dans leur famille, une belle salope les jours où ils rentrent de leur travail émoustillés par une vidéo visionnée entre une réunion et un rendez-vous avec un client obsédé de ristournes et de gestes commerciaux.

Il faut les adorer, autrement ils boudent, se dénigrent, nous montrent leurs faiblesses pour nous attendrir, nous convaincre qu'ils sont des ratés, des rebuts, des malles poussiéreuses remplies d'échecs, de désillusions, de défaites. Ils nous croient bouleversées, prêtes à boire leur amertume en s'en pourléchant comme d'un verre de beaumes-de-venise et plus amoureuses encore après avoir dégusté les eaux usées de leur orgueil. Un amour désormais compassionnel, apitoyé, vraiment merveilleux car alors nous les aimerons tout entiers jusque dans les recoins les plus abjects de leur personne, nous adulerons cet homme effondré que nous trouverons plus charmant encore que le héros qui nous avait séduites.

Ils se croiront vrais, franchise magnifique, aveux comme attributs d'une virilité vraiment moderne, enfant blessé admiré pour son courage, sa volonté chevillée au corps de ne dépendre malgré tout de personne, tandis qu'on le couve, le nourrit à la cuillère, le baigne délicatement dans une bassine où barbotent des joujoux. Faute de passion, c'est notre tendresse que nous distillons désenchantées, pleines de mépris pour ce lamentable dont nous serons les soigneuses éternelles, pressant l'éponge sur son visage tuméfié afin de le nettoyer des larmes et de la morve qui persisteront à couler tant qu'il lui restera un souffle de vie pour s'apitoyer sur sa médiocrité offusquée par un cruel destin.

Avec Geoffrey nous vivions en tête à tête, nos organes de communication caquetant dans le vide. Je le trouvais ennuyeux avec son rêve sempiternel de voyager un jour dans l'espace pour le plaisir d'apercevoir notre terre doublée de la sphère d'habitation générale dont il peaufinait les plans chaque nuit pour le plus grand bonheur des générations du XXIIe siècle.

Nous espérons toujours, dit votre fils. Oui, même infiniment déçues nous sommes prêtes à aimer encore pour la première fois, mais n'avoir porté que des colifichets toute sa vie n'implique pas que vous attende quelque part un diamant, une émeraude, une humble topaze de la plus belle eau.

Je l'ai cru diamant taillé à coups de batailles perdues, de campagnes héroïques, de désespoir, d'exaltation, de joies vertigineuses. Une belle pierre à la monture grossière, mal équarrie, d'or mêlé de fer et de scories.

Geoffrey est un vainqueur, mais il a tout perdu. Il en bâtira des tours, il en dessinera des villes, il en fera surgir des oasis de béton, d'un coup de crayon il transformera des hectares de ciel en cités radieuses pendues aux astres par des cordelières de titane dorées à la feuille et à la fin de son existence il aura bâti tous ses rêves.

Mais il boite, Geoffrey. Mais il crève de faim d'amour, il traîne sa solitude comme une patte folle. De l'amour, il n'en a jamais vu que le profil perdu. Il en a soupçonné la couleur, a cru en respirer la brise mais c'est une Jérusalem que ce petit chevalier n'atteindra jamais. Je ne suis pas la première dont il s'est enivré, il en a croisé des filles, des femmes, des dames, jeunesses, matures, beautés, laiderons, élancées, épaisses, dures, flasques, gentilles, mauvaises, intelligentes ou sottes à brouter la carpette.

Avec moi, de l'amour il en a peut-être eu un jour le goût sur la langue. C'est ça le chagrin, le souvenir d'un instant défunt, l'odeur du bonheur qu'on cherche dans les rues où on flânait, dans la voiture où on friponnait, la baignoire où on se bousculait en se jetant des bulles comme des gamins et à présent ce lit qu'on réchauffe à la bassinoire, ces huîtres gobées devant le miroir biseauté d'une brasserie où se réfléchissent les couples déjà pompettes avant d'avoir bu. Et ces pièces vides, dépeuplées malgré la smala d'invités souriants, rieurs, bavards, sinistres comme des haut-parleurs crevés, des moulages de gens.

Nous n'avons pas eu d'histoire, nous ne nous sommes jamais rencontrés. Nous nous prenions en photo, nous échangions des paroles, nous nous prêtions nos corps, nous trouvions le plaisir l'un sur l'autre, séparément, laissant nos esprits vagabonder pendant la cavalcade. Nous promenions notre couple dans les rues de Paris, nous aimions le voir passer dans les glaces sans tain des vitrines, le montrer à des amis, fiers comme un bébé du doigt qu'il vient de tremper dans un pot de Nutella.

Nous cherchions l'amour. Dans le doute, nous avions décidé que nous l'avions trouvé. Il pensait que c'était moi et moi que c'était lui. Assis sur le canapé du salon, nous nous tenions par la main comme deux benêts. Nous nous disions *Je t'aime*, les murs absorbaient nos paroles comme des buvards.

Vers minuit, on se rejoignait sous la couette déçus. Chacun avait rêvé d'une substitution pendant la montée des trois marches de l'estrade sur laquelle est perché le lit. On permute les nouveau-nés dans les maternités, on pourrait substituer un partenaire à un autre avant que le couple ne conçoive. Les coups de dés valent bien les coups de foudre qui sont aussi le fruit du hasard.

Je mens, à moins que je ne vous aie parlé d'un autre Geoffrey. Après tout c'est un prénom courant dont beaucoup de gens se contentent, j'ai pu en pratiquer suffisamment pour les confondre. Votre fils m'a rencontrée, nous nous sommes aimés autant que n'importe qui. Des amants passionnés, la perspective de nos vies l'une à l'autre torsadées jusqu'au tombeau. Je l'aime encore, notre rupture n'était qu'une glissade. Un claquement de doigts et il me reviendra.

Pour plus de sûreté, nous nous reproduirons. Ce nigaud est sentimental. Quand nous nous serons à nouveau quittés, il viendra prendre l'enfant chaque semaine et s'il m'inflige l'indifférence, le mépris, je l'en priverai comme dans une entreprise à un cadre revêche on sucre une prime de fin d'année.

Je vous embrasse, mère de Dieu.

Noémie

Noémie,

Vous êtes tortueuse, un sentier fou qui non content de serpenter, de monter, de descendre, se dédouble en chemin et se fait fourche. La drôle d'idée d'aimer cet homme et de vouloir faire d'un de ses spermatozoïdes un rescapé. Pourquoi ne pas vous résoudre à adopter plutôt un être déjà né ? Le petit animal que je vous conseille depuis un bon moment vous attend sans doute dans quelque chenil, chez quelque oiseleur, dans quelque clapier si c'est un lapin qui vous plaît davantage et si vous tenez vraiment à un humain, adoptez un nain.

Quant à Geoffrey, il fera certes notre joie lorsqu'il tournera sur la broche, mais pourquoi vouloir vous en embarrasser tant qu'il vaque librement sous le ciel avec sur son squelette sa viande crue et vive ? Vous avez donc besoin d'un homme dans votre lit ? Un individu dont vous espérez tirer un spasme ?

C'est à la femme que j'entends parler. Bien que nos millésimes soient fort éloignés, je suis femelle tout autant que vous et laissez-moi vous confier le secret de ma sexualité épanouie. Je vous ai parlé il y a quelque temps de la nullité de mon Poutine sous les draps mais je ne vous ai encore touché mot des terribles orgasmes qui émaillent certaines de mes nuits depuis les premiers temps de ma nubilité. Je ne sais si c'est un damné, un bienheureux, un bandit ou le Saint-Esprit mais dans mon sommeil parfois un membre me pénètre jusqu'à provoquer en moi un tel excès de bonheur que pleine de mes cris la chambre vacille comme une nacelle. L'immeuble a beau être solide, le plafond ne s'en fendille pas moins et j'ai recours chaque année aux services du plâtrier et du peintre.

Le vacarme incommode les copropriétaires et en diverses occurrences mon plaisir fut interrompu par les coups de boutoir de la police qui entendait défoncer la porte dans le louable dessein de m'arracher aux griffes du violeur qu'ils supposaient en train de me profaner.

Du vivant de Poutine, un parc cernait notre demeure et les voisins étaient lointains. Il arrivait cependant qu'un courant d'air s'engouffre sous la porte de notre chambre, ramasse mes cris et les emporte jusqu'à la maisonnette des gardiens d'une propriété située à une dizaine de kilomètres de chez nous. Le ménage réveillé en sursaut se précipitait sur son téléphone pour nous dénoncer à la gendarmerie.

Mon mari passait vingt-quatre heures en garde à vue, tant il m'était difficile de convaincre les gendarmes que mes hurlements n'avaient pas été provoqués par des sévices qu'il m'aurait infligés intérieurement avec quelque outil pervers afin de ne pas laisser de traces. De guerre lasse, un matin il passa aux aveux. Il eut beau se dédire à l'instruction, la justice suivit son cours et il purgea trois mois.

La police de Cabourg s'est lassée et j'éteins la sonnette chaque soir pour empêcher les voisins de me casser les oreilles. Ces mauvais coucheurs s'arment parfois de manches pour tambouriner, par bonheur leurs bras se fatiguent avant le membre turgescent. Ce qui me gêne fort, c'est de passer dans tout l'immeuble pour une vieille masturbatrice. On n'a pas pour les vices des ancêtres la même mansuétude que pour les turpitudes des jeunes et quand je m'aventure dans les parties communes on me traite souvent de chameau.

Dormez donc au lieu d'envisager d'avoir à nouveau recours aux services de Geoffrey. Il sait se montrer fourbe, sournois, pernicieux. Si vous l'abordez avec aménité, il saura interpréter jusqu'à vos silences et vous percera à jour. Pour notre malheur, il s'emploiera alors à vous emberlificoter. Il manœuvrera si bien qu'il ne tardera pas à faire de vous une femme amoureuse dans le pire sens du terme. Vous passerez le reste de sa vie à le bader, l'épauler, à sacrifier votre bonheur pour faire le sien jusqu'au jour où il finira par crever de sa belle mort.

On n'est jamais assez méfiante avec l'amour, c'est un poison que nous devons manipuler comme de prudentes laborantines le vitriol, la nitroglycérine, sous peine de se brûler, d'exploser avec l'immeuble et le pâté de maisons.

Je vous exhorte de vous borner à agiter vos charmes pour attirer Geoffrey dans un piège. Votre lit fera l'affaire, vous déchirerez les draps quand il sera assoupi pour lui lier les mains et les pattes. Vous lui bourrerez la gueule de sous-vêtements avant de lui enfoncer un pieu dans le cœur. Comptez sur moi pour vous aider à le descendre sur le trottoir. Plutôt qu'emprunter son break et vous obliger à conduire jusqu'à Menton, nous hélerons un taxi dont nous soudoierons le chauffeur avec une enveloppe de billets. C'est une profession où les honnêtes sont rares, ce serait malchance de tomber sur un chipoteur.

Venez mercredi prochain. Nous manigancerons à qui mieux mieux jusqu'à lundi.

Votre Jeanne

Mon amour,

Quand à la salle de bains je me distingue toute nue dans le bouton de cuivre de la porte, il me semble me voir dorée à point, bronzée par la vive lumière de la boule de feu de ton infini génie.

La ville ronronne au-delà des murs de la cour. La radio sonne à peine dix heures du matin et je suis déjà ivre de toi. Je titube entre les rares rayons de soleil que me renvoie l'affreuse cuisine de la voisine d'en face aux murs chromés comme un guidon de vélo. Je suis prête à défaillir, m'étaler sur la carpette persane, courir d'une démarche bouffonne vers les toilettes pour rendre le trop-plein de toi qui gonfle mon estomac comme un lourd dîner.

Je te propose ma vie, ce modeste présent. Je te supplie de l'accepter. Tu m'as dit souvent à quel point j'étais vide, privée de spiritualité, sans plus d'âme que les logements sociaux dont par appât du gain tu acceptes parfois de gribouiller les plans. J'ai toujours pensé que tu mentais tant soit peu afin de me mater, me briser comme l'écuyer ces pouliches prétentieuses et rétives. Pauvres animaux que les femmes sans maître qui errent dans la ville la bride sur le cou. Nous venons au monde perdantes, déjà vaincues, avec un cachou d'intelligence qui cogne à chaque secousse la paroi de notre pauvre caboche.

Qu'elles sont folles, celles qui décident d'exister, de se cabrer contre leur destinée de bêtes de somme. Je fus du nombre, mais ce matin je me sens une âme d'épouse de moudjahidin, humble crachoir dans lequel s'égouttent les terroristes avant de s'en aller massacrer nos dessinateurs abandonnés à leur sort par nos autorités primesautières. Je rends mes pinceaux comme on rend les armes. Brise leur manche, roussis leur pilosité, émiette-les un à un au-dessus d'une poubelle appropriée à la défense de l'écologie.

Je suis ta benjamine de près d'une trentaine d'années. Je te promets pourtant d'avoir l'humilité de mourir quelques heures avant toi. Si tu meurs un matin, c'est la veille que je passerai de vie à trépas. Si tu meurs le soir, je serai morte à l'aube de ce jour-là. Mon décès précédera de si peu le tien que je t'épargnerai la peine de te rendre à mon enterrement. Qu'on brûle nos dépouilles dans le même four, que nos cendres soient mêlées dans la même urne et qu'un aéronef les disperse au-dessus de l'ex-aiguille du Midi dont tu as fait ce merveilleux cône d'habitations troglodytiques où nous avons passé un si plaisant séjour au commencement de notre histoire.

Mon amour, je t'aime à abandonner mon féroce hygiénisme de femme d'intérieur pour te complaire. Désormais, tu pourras faire de notre lit un cendrier, une corbeille, une assiette, une dépendance du bac à douche, un nécessaire à

106

chaussures ou un paillasson, je t'en remercierai à genoux comme d'un suprême hommage.

Si tu me fais l'honneur de m'emmener en voyage, je me ferai greffer autant de bras qu'il faudra pour porter toutes les valises et tu pourras ouvrir mon buste comme un coffre de moto pour y ranger commodément tes gants, ta tablette et tes comprimés contre le mal de tête. En cas de grève des transports me pousseront des roues, des nageoires, des ailes. Si tu t'ennuies, pour te distraire je deviendrai tragédienne, violoniste, magicienne, ferai de mon œil droit un projecteur de cinéma, du gauche la lentille d'un kaléidoscope, je m'inventerai même une vulve follement contemporaine dont tu deviendras fou et que la population des femmes finira par adopter quand à notre retour je la promouvrai pour les convaincre de se débarrasser de ce vieux rossignol dont les hommes commencent à se lasser après l'avoir tant de millénaires adulé.

Quelle chance de t'aimer enfin tout entier. J'en frétille comme une truite que le pêcheur vient de sortir de l'eau. Sois le cuisinier qui ne craindra pas de me cuire au bleu. Le rêve de la femme est d'être dévorée vivante par l'amant mais l'eau bouillante me rendra plus moelleuse.

Noémie

Noémie,

Quelle joie pour moi de vous accueillir mercredi. Je vous préparerai un sanglier en daube. S'il est à votre goût, nous pourrons envisager de cuisiner de la sorte les cuisses de Geoffrey. Les fesses seront meilleures saisies au beurre dans une poêle profonde et vaste. Pour le reste de sa dépouille, ce sera comme on dit à la fortune du pot.

En définitive, je ne suis pas opposée à votre projet de lui offrir quelque temps les joies de l'amour avant que le couperet ne s'abatte. Le bonheur permet au corps de mieux assimiler la nourriture et d'être plus savoureux le moment venu. N'hésitez pas à saupoudrer les plats de thym, de poivre de Madagascar et de sel de Guérande afin de nous épargner plus tard la peine d'assaisonner sa viande. Aimez-le avec autant d'attention qu'une fermière chérit le porcelet qu'elle sacrifiera à la Saint-Sylvestre.

Afin d'accroître son affection envers vous, dites-lui à quel point je le conspue. Rien de tel que la haine partagée pour sceller un couple. Proposez-lui de transpercer une photo de moi pendant l'amour, on dit que l'orgasme est homérique quand on l'agrémente d'un brin de magie noire.

Oui, amusez-le quelques mois. Plus vous l'aimerez, plus il sera goûteux. Léchez son corps des pieds à la tête, vous me direz la saveur de sa peau crue avant l'épreuve du feu. Faites-lui ingurgiter force sucreries, du chocolat surtout, nos aïeules avaient coutume d'en faire fondre une tablette entière pour leur fond de sauce et cela nous évitera cette corvée. Qu'il soit succulent le corps de mon fils mort.

Faites-lui écouter de la musique. Les éleveurs de volaille ont depuis longtemps constaté que devenus mélomanes les poulets gagnaient en qualités gustatives. Louez un clavecin, d'une main légère jouez-lui un impromptu ou quelque fantaisie. Formez un petit orchestre amateur avec des amies et soumettez-le à un tir croisé d'arpèges. Accablez-le de Jean-Sébastien Bach, ses cantates régénéreraient les muscles exténués d'une vache centenaire. Bannissez la variété, la samba, la biguine et les bamboulas de toutes sortes qui rendent filandreux les meilleurs morceaux.

Jamais technique d'enregistrement ne pourra restituer cette joie qu'éprouve la note en surgissant d'un instrument de bois, de cuivre, d'une gorge. L'enregistrement est la surgélation du son. Il comprime la musique comme le froid amenuise la saveur des mets au parfum désormais prisonnier sous le givre. Et les vieilles femmes à la peau captive sous le mur du fard? Et les papiers peints qui bouchent les pores des pierres et des briques? Et la vie même, quand elle a été dépouillée de tout son suc en passant à travers le verre d'un objectif? Sans compter les billets de banque qui sans doute par pudibonderie nous cachent l'or enserré dans leur trame. Loin de tous ces filtres à travers lesquels la réalité nous parvient, seuls les sauvages connaissent la vraie sensation d'exister.

N'admettez Geoffrey chez vous que nu. Que ses chairs s'aèrent, respirent, s'oxygènent. Laissez vos fenêtres ouvertes, que le froid l'attendrisse à force de lui infliger sa morsure. S'il vous réclame un tricot, faites-lui remarquer que les bêtes ne portent pas de costumes. Du reste, si vous usez de tout votre savoir-faire vous saurez le maintenir dans un état d'excitation continuelle et sa bouillante verge lui donnera l'impression d'être abouché à un tuyau de chauffage central.

Prenez-en soin, mon fils est un aliment vivant qui deviendra bientôt le plat de résistance de notre banquet. Nous verrons plus tard si certains morceaux peuvent se manger crus en guise de hors-d'œuvre, si d'autres nous pouvons faire un dessert convenable, mais je reste persuadée que son sang ferait un fort mauvais picrate.

Avant de clore ce courrier, il faut que je vous dise. La lettre que vous avez envoyée à Geoffrey la semaine dernière est passée par chez moi. Un vieux postier excentrique aura eu vent de notre lien de parenté et l'aura détournée vers Cabourg. Bref, je l'ai ouverte à l'ancienne en ramollissant la colle du rabat à la vapeur. Après l'avoir lue je l'ai renvoyée à son destinataire.

C'est une idée absurde que de désirer être bouillie et mangée par lui. Qui donc a jamais désiré se faire dévorer par l'entrecôte de son dîner ? Être bu par son café, sucé par son bonbon ? Seul un opiomane a peut-être un jour rêvé dans sa course à l'autodestruction de se réfugier dans le fourneau de sa pipe et mourir à petit feu fumé par l'opium ravi de venger sa race. Sans doute êtes-vous déprimée ces temps-ci. Seriez-vous réellement amoureuse ? Certaines ont l'amour triste comme d'autres le vin.

Plus que trente-six heures à vous attendre. Je vous embrasse sur vos dents de louve.

Jeanne

Noémie,

Je ne comprends rien à cette intrigue. Je ne me souviens pas avoir écrit les deux lettres soi-disant par moi adressées à ma mère dont tu m'as envoyé copies. Ma mémoire se sera jouée de moi, à moins qu'on n'ait carrément piraté mon cerveau et contrefait mon écriture.

Notre époque est phénoménale. Même ceux que nous croyons nos intimes, nos amis, nos amours sont parfois garnis d'imposteurs. Nombre de parents se laissent berner par des intrus dissimulés dans les méninges de leurs enfants et à leur insu des gamins sont élevés tantôt par un couple tantôt par un autre pour satisfaire la soif générale de parentalité que beaucoup n'ont pas assez grande pour éprouver le besoin de l'étancher à longueur d'année.

Je suis persuadé que je ne t'aime pas, que je ne t'aime plus, que je ne recommencerai plus jamais à t'aimer. L'amour ne me convient pas, je l'ai compris à cinquante-deux ans après en avoir si longtemps abusé. Notre histoire m'aura été utile tant elle fut riche en découvertes, en déceptions, en dégoût. La souffrance est bonne exploratrice, elle creuse des galeries, fracasse les murs et tout s'éclaire quand les illusions se sont effondrées.

Grâce à toi je me suis déconstruit, je me suis connu, je me suis appris. J'ai assez encaissé de coups, ce sera toi qui m'auras asséné le dernier.

Je ne suis heureux ni triste, j'ai l'humeur égale des désenchantés. Je bâtis, je me déplace, me nourris au gré des hôtels, des restaurants de quartier, je fais même l'amour. J'ai rencontré le mois dernier une sorte d'acolyte, une femme assez jolie pour n'être pas laide, intelligente mais sans excès, un de ces êtres un peu gris qui reposent comme un week-end à la maison.

Je ne t'ai pas remplacée. J'ai pris une autre voie. Je trace ma route loin des beautés, des talentueuses, des flamboyantes dont les hommes sont fous. Au bras d'une fiancée sans éclat, on passe inaperçu et on ne craint pas de la voir s'en aller. On pourrait en changer comme de chemise, on ne distinguerait pas plus celle du jour de celle de la veille qu'un mercredi pluvieux d'un mardi où il pleut.

Ce n'est pas désespérant, la grisaille. La vie indolore, le soulagement des malades, la très légère euphorie de ne plus ressentir la souffrance même si on n'a pas la force d'allonger le bras pour éclairer la lampe quand on s'ennuie dans la pénombre. On sait la nuit dehors, on imagine les lampadaires du parking, la ville au-delà des grilles, les cris, la musique, les rires étouffés derrière les vitres d'un salon où l'on se réjouit, où l'on fête quelque chose, où l'hystérie collective gagne une palanquée d'étudiants au soir d'un concours.

On est loin, on est là, on ne rêve pas d'un autre endroit, tous les moments se valent. Discret plaisir malgré tout de fonctionner, de soupçonner les battements réguliers de son cœur, de laisser passer les pensées, les souvenirs, de les contempler, les écouter comme les notes d'un piano-bar quand on est perdu dans les brumes des punchs et de la vodka.

Bien sûr, je m'illusionne. Je n'atteindrai jamais l'état de torpeur, d'inconscience des bêtes. Elles seules connaissent l'ataraxie, cette étrange joie aux jambes brisées après laquelle courent les sages depuis Démocrite.

Geoffrey

Geoffrey,

Tu me dis que tu n'es pas toi, que des lettres s'écrivent dans ton dos. Serais-tu devenu aussi schizophrène que moi ? C'est une preuve d'amour de contracter le mal qui ronge son amante. D'ailleurs, ce n'est peut-être pas moi qui suis en train de t'écrire et si nous faisions l'amour, ce serait d'autres qui s'agiteraient à notre place. Si nous avions pris la précaution de ne pas être nous au cours de notre idylle, nous nous serions épargné bien des peines et au moment de notre séparation, nous aurions tout juste accordé un regard condescendant à ces deux tordus en train de pleurnicher à notre place chacun de son côté.

Qui est au monde ? Comment savoir si nous sommes ici ou là ? On encombre si peu longtemps la vie tant la naissance tarde et tant la mort est prompte. En outre, je dois te faire l'aveu que j'appartiens à la mystérieuse génération venue au monde à l'âge de dix-sept ans avec tout un passé d'adolescent sous ses airs de bébé braillant sur la table à langer. De quoi traumatiser les plus équilibrés, j'ai bien du mérite d'avoir jusqu'à présent résisté à la tentation de sortir fesses talquées en couches sous ma jupe.

115

La folie est une explication commode, tout ce qui est ou fut serait dément, Dieu, l'homme, l'animal et quant à l'atome d'après les dernières supputations des physiciens, il aurait un quotient intellectuel de crétin. Un monde fou formé d'éléments imbéciles. On peut contrefaire la raison comme la folie. Je crois que le monde joue la comédie de la causalité afin de satisfaire aux rigueurs des lois mathématiques dont il a peur comme nous redoutions à l'école les zéros pointés de ses adjudants toujours à brandir des problèmes insolubles et des chiffres effrayants avec leur dégaine d'estropiés étiques.

Geoffrey, mon amour, ne me dis pas que tu n'as jamais existé en même temps que moi. Ne sois pas Louis XIV ni le duc de Guise ni Mandrin ni un de ces gueux laboureurs à la mèche grasse qui embarrassaient les campagnes du Moyen Âge. Ne sois pas tous ces gens d'autrefois dont le néant revenu après quelques décennies d'existence fait froid dans le dos. Ne mens pas, tu existes, tu es là. Je ne t'ai pas inventé.

Étrange histoire que la nôtre. À force d'être d'autres, un jour ce sera nous qui nous aimerons. Nous ne sommes pas si nombreux, le hasard nous réunira. Nous ne nous en apercevrons pas tout de suite, nous mènerons quelque temps une vie distante dans le même lit, persistant à prendre nos moments de tendresse pour des saynètes dans lesquelles on aurait substitué aux acteurs nos images volées sur un réseau. Nous mettrons des mois à reconnaître la réalité, elle est si rare de nos jours.

À force de croire en nous, en notre destinée, d'être

contaminés par des publicités qui vantent l'acheteur, lui disent qu'il existe à peine mais que pour une somme modique il deviendra, nous devenons une croyance, une superstition. Quel fantasme, l'humanité. Une petite histoire sans cesse ressassée et nous serions ces personnages embellis par les décors épurés des catalogues des designers, les idées généreuses dont on se mouche, le nuage d'ondes, les rayonnements, charriant notre impression d'exister, nos souvenirs incertains, le futur de cette vie qui se rêve, se déroule dans le lointain et nous immobiles dans nos corps qui se périment peu à peu avalant les instants comme du passé?

Nous ne sommes pas plus éloignés l'un de l'autre que deux lots sur un même cadastre. Nous nous passerons du blanc-seing de la mairie, dessine une simple passerelle de rondins qui s'effondrera après nous, un tunnel, un petit tuyau pour que puissent circuler nos consciences et s'étreindre. Mets en place un pont aérien, nous nous retrouverons jour et nuit. Il nous suffirait d'un souffle pour qu'on se rejoigne.

Si seulement nous parvenions à entrer en contact. Nous écrire, nous parler, nous voir peut-être. Nous serions chacun de nous ce que nous sommes, une seule personne par tête, deux visages pour certifier comme des étiquettes le contenu de nos emballages. Quand aurons-nous fini de jouer? De nous conduire comme des enfants malicieux, comme si l'amour était autre chose qu'une histoire d'adultes? Il est temps **de nous** prendre au sérieux, ne plus faire semblant d'être des incertitudes, des erreurs, des rognures de ce que nous serions si nous consentions à être ce que nous sommes.

Ce n'est sûrement pas rigolo d'aimer, on doit éviter de se moquer de la vie, de donner tort aux moments d'absolu abandon, de rêver d'avenir bienheureux. Quand tu seras vieux et moi à tes côtés sacrifiant ma seconde jeunesse à ta déliquescence, nous devrons éviter de rire de nous, ensemble ou avec un correspondant, pour nous échapper, nous dire que nous pouvons encore nous dépasser, bifurquer, laisser l'autre en rade au carrefour, reprendre notre course vers l'infini et après l'avoir dénigré, avec l'autre pourtant rester.

Nous étions un songe d'amour. Creux comme tous les songes. Plat comme une image, chatoyant, couleurs criardes, une exhibition, un spectacle dont nous étions les histrions, les spectateurs assis devant l'armoire à glace du vestibule et ce n'était même pas nous ces deux personnes main dans la main au fond du miroir.

Ce n'est pas moi non plus qui écris cette lettre, ce ne sera pas toi qui la liras. On s'évite, on envoie quelqu'un d'autre à sa place pour caresser une personne inconnue, lui raconter une histoire qu'au fond nul ne raconte ni n'écoute, une histoire qui n'a pas de mots, des mots jamais dits ou perdus, une rose sans pétales qui a perdu sa tige. Tu me diras que le grand amour ressemble un peu à ce genre de fleur.

L'amour, c'est la seule chose qu'on ne sache pas. Cependant, quelque part, quelqu'un est aimé par quelqu'un. Personne ne prouvera jamais que ce n'est pas nous.

Noémie

Geoffrey,

J'ai dû en prendre un autre. Depuis notre rupture, tu ne m'aimais plus assez pour me dire que tu m'aimais peut-être. Je ne pouvais me contenter davantage de ton souvenir grincheux. J'entendais partout comme un bruissement, des ragots. On commençait à jaser, murmurer qu'à force d'expédier les amoureux je finirais par épouser le désert. J'ai toujours craint l'humiliation à l'égal de grandes oreilles qui me seraient poussées dans la nuit.

J'ai trouvé cet homme à la préfecture où je venais faire renouveler mon passeport. Un blond à menton mutin et lunettes dorées qui cherchait le service des cartes grises. Après de brèves négociations, il a accepté de venir chez moi me sauter. Je me suis tout de suite prise de sympathie pour son pénis. Un petit bonhomme dont la trombine me rappelait celle de la dame de compagnie de ma grand-mère qui me faisait des crêpes Suzette pour rompre la monotonie des dimanches après-midi. Les femmes sont amenées à passer de longs moments en tête à tête avec votre personnage et à l'occasion lui servir de logement, il n'est pas indifférent de le trouver à notre goût. Je peux aujourd'hui te faire cet aveu, j'ai toujours trouvé un visage prétentieux au tien, avec sa tête en pain de sucre et son regard de méchant borgne aigri de n'avoir qu'un œil. Je n'ai pas rompu à cause de lui mais ne plus le voir ni l'héberger ne m'a pas fâchée.

Comme ses confrères, ce bonhomme n'a pas de nom et je ne suis pas assez niaise pour lui en avoir donné un. Mon amant possède un nom dont je ne me souviens pas, il est également propriétaire d'un prénom mais suédois et trop barbare pour être écrit ou prononcé par une Française. Je l'appelle Chéri ou Coucou car son buste est duveteux comme un poitrail d'oisillon.

Contrairement à toi, il ne se lève pas après l'amour pour aller trafiquer des plans jusqu'à l'aube. L'hiver c'est quand même plaisant un homme dans son lit, cette bouillotte pleine de sang chaud. Surtout quand on est comme moi affligée d'une chaudière qui s'éteint dès que la température extérieure tombe au-dessous de zéro.

Il a aussi l'avantage d'être matinal. C'est agréable de se réveiller dans les effluves de café et de pain grillé. Il parle peu, d'une voix grave et basse comme un chuchotement. Quand il n'a rien à dire, il se tait au lieu de parler comme toi sans répit pour empêcher le silence de se former.

J'en suis contente. Il me regarde peindre assis au fond du couloir sur un siège pliant. J'aime bien me retourner à l'improviste et apercevoir quelqu'un qui m'admire. Je crois qu'il ne comprend pas grand-chose à la peinture mais parfois il s'approche à pas de loup et par surprise me chatouille le sillon fessier avec un pinceau en poils de martre et ça me fait tant rire que je m'en pâme.

Lorsque je n'ai pas faim, je le nourris à la cuisine d'une assiettée de riz. Il buvait du Coca-Cola mais je l'habitue peu à peu à déguster de grands verres d'eau.

Je lui ai dit hier soir que nous étions heureux. Il ne m'a pas contredite. Il avait l'air content. Les hommes ne remuent pas la queue mais j'ai vu qu'il bandait sous l'étoffe du pantalon de flanelle que je lui avais offert la veille pour lui donner du cachet. Les hommes négligent leur housse et la mousse qu'ils ont sur le crâne semble leur avoir été flanquée par un jardinier en colère. Je dois l'amener souvent chez le coiffeur et lui couper à ras les ongles chaque semaine afin d'éviter les égratignures au cours des ébats.

Ne m'écris pas. Cet homme est confortable. Je ne veux plus être tentée de croire qu'on peut éprouver de l'amour pour un qu'on n'aime plus et qu'on n'a peut-être jamais aimé. C'est absurde d'aimer et le contraire n'est pas rassurant. L'amour est beaucoup plus fou que je ne serai jamais folle, on l'enfermera avant moi.

Noémie

Ma Jeanne,

Les trois jours que nous avons passés ensemble comptent parmi les plus bouleversants de ma courte vie. Qu'il est doux, malgré les générations qui nous séparent, de nous trouver à présent maîtresses, amantes, fiancées, épouses peut-être, si vous acceptez un jour ma main. J'aime votre bouche, vos cheveux gris-bleu comme une aube d'hiver, votre sein velouté, votre souple fessier. J'aime jusqu'aux vagues de votre ventre et votre charmant bijou dont le fort relief a enchanté mes lèvres.

L'âge n'a fait que vous patiner, les humaines parfois ont la chance de partager cette faculté avec les très beaux meubles du temps des rois de France. Votre haleine mentholée fait mes délices et loin de me déranger vos soupirs nocturnes m'ont rappelé très à propos qu'un jour ou l'autre nous retournerons tous à la glaise.

Au-delà de nos corps en fête, notre relation a des résonances métaphysiques. Votre corps est un orgue dont je me flatte de savoir tirer des notes profondes, tandis que du mien s'échappe le plain-chant. Votre logement se mue alors en basilique et escaladant avec vous les échelons du plaisir, je deviens folle amoureuse de Dieu.

Que Geoffrey soit le Satan que nous terrasserons en jouissant comme paire de saintes. Un projet désormais béni dont on trouvera un jour le récit dans les éditions actualisées des Évangiles. Loin d'être enfant de Belzébuth, Geoffrey sera votre Christ. Sur les consignes de son père tout-puissant celui de Nazareth fut déchiré par des troupiers et cruellement cloué, quand selon votre désir le vôtre sera embroché, grillé, débité, dégluti. Face au créateur macho, voilà une mère intrépide qui donne le branle à une version féministe du Golgotha.

Je l'aime de plus en plus, votre fils maudit. Je suis prête à toutes les bassesses pour le reconquérir. Mon amour comme une nasse d'où il ne ressortira que pour tomber dans nos bouches. Ce n'est qu'un homme, nous en ferons un martyr, un aliment bien à plaindre.

N'oubliez pas que nous autres femmes jouissons surtout des perspectives de notre jouissance. Procrastinons ce barbecue tant et plus, poussons-le vers l'horizon. Qu'il titille notre imagination plus sensible encore que les coquillages des pucelles affolées par le moindre reflet du sceptre qui les percera bientôt.

Je vous embrasse sur votre âme cruelle aux ailes aiguisées et sanglantes, votre âme dont la mienne est l'adorante puînée.

Noémie

Mademoiselle,

Je ne comprends rien à votre obscène missive. Notre projet de meurtre ne vous autorise pas à jeter la décence par-dessus les moulins. Je puis tout autant que vous trouver du charme à l'imaginaire mais Dieu nous garde des fantasmes. Je n'entends pas devenir l'objet de vos désirs, je suis femme sans doute mais point du tout ce que les effrontées de votre génération appellent une lesbienne.

Je fus élevée chastement par une mère qui dès ma naissance m'a toujours lavée en chemise de bain. Jamais mon corps dévêtu n'est apparu entre les murs de la maison familiale. Les pieds de nos lits, de nos sièges, la queue du piano, celles de notre batterie de cuisine étaient dissimulés sous un pagne afin qu'ils ne puissent évoquer pour personne le sceptre dont vous prétendez qu'il hante l'esprit des vierges.

Avec son mince goupillon, Poutine était décent. Un seul accouplement dans notre vie dont Geoffrey fut le piètre résultat. Mon père se signait à chaque fois qu'il croisait un mollet, maman dénonçait les prostituées à la maréchaussée.

Mon frère mort résistant avait un nez court et en outre recourbé, pour signaler aux passantes son peu d'estime pour l'érection.

Si j'ai semblé vous faire des confidences égrillardes quant à ma vie intime, ce fut pour me mettre à votre portée, vous séduire, vous donner l'illusion d'une gémellité. J'avais besoin de vous afin de perpétrer cet assassinat. Pour commettre un acte aussi contre nature, une mère n'a pas le cœur d'agir sans le secours moral et matériel d'un complice. D'ailleurs si certaines de vos amies du monde réel souhaitaient se joindre à nous, comme il serait charmant de constituer une pétulante bande de canailles.

Que de joyeuses réunions en perspective, de week-ends remplis de causeries, de jeux de société, de crêpes jetées au vent et rattrapées de justesse d'un coup de poignet habile au milieu du parc. Je suis prête à leur ouvrir toutes mes maisons, qu'elles s'ébattent, profitent du soleil, des ondées pour herboriser et chasser les gallinacés. Que le moment venu, notre jeune troupe s'en aille glaner dans la forêt le bois du bûcher. L'amour est exclusivement une affaire de couple mais la haine peut devenir avec profit une activité communautaire.

On n'est jamais assez pour haïr. Un peuple, un continent ne suffiraient pas à épuiser la nôtre. Quel grand malheur que vous ne soyez pas la maîtresse du président des États-Unis. Déclencher une guerre planétaire dont le seul objet serait de gratifier Geoffrey d'une ogive nucléaire, voilà qui serait plaisant. Nous accepterions gaiement l'inconvénient de devoir consommer sa viande radioactive que nous décontaminerions tant soit peu avec le bouquet garni et les gousses d'ail dont nous fourrerions son derrière.

C'est un rêve. Il est bon de rêver quand on est une vieille femme dont plus personne ne se soucie. On ne pense autour de vous qu'à votre effondrement prochain. Une maison délabrée, perdant ses poutres, la mort soufflant en elle à travers les trous béants où naguère claquaient une porte, des volets, des fenêtres. La société attend de pouvoir construire sur vos gravats un château d'eau, une centrale électrique ou un de ces hideux bâtiments destinés au logement de hordes de jeunes ménages reproducteurs. Vous avez le malheur de connaître Geoffrey, vous savez bien qu'il espère des terrains vagues sur lesquels il pourra édifier des mécaniques de béton où les copropriétaires monteront et descendront indéfiniment comme des pistons.

Je vous préfère à tous les autres vivants car vous prenez la peine de faire semblant de m'aimer. C'est une manière d'amour de jouer la comédie de l'amour. La sagesse est tombée sur mes épaules avec l'âge, j'ai gagné l'indulgence des faibles, des pauvres hères qui faute de pouvoir espérer d'authentiques parfums de grands couturiers trouvent leur plaisir en s'aspergeant d'un mauvais jus qui les singe.

Vous êtes fausse, plus perverse encore que moi si cela se peut. Vous m'utilisez pour assouvir votre besoin de vengeance contre un amant qui ne vous a pas suppliée de le reprendre. Il est doux de servir de moyen, d'objet en quelque sorte, quand on a trop vécu. Un frigo hors d'usage dont on fait une armoire, une louche désargentée dont on nettoie la caisse du chat.

Je suis prête à m'immoler si le cœur vous en dit pour un seul regard de vous empreint d'émotion, d'admiration ou d'étonnement. Vous ne m'aimerez jamais, ni moi ni quiconque, en vous la place manque pour abriter autrui. La tendresse que vous éprouvez envers votre belle personne vous remplit.

Je vous embrasse et vous aime, ma Noémie chérie. Je vous rends la monnaie de vos faux jetons avec tous les louis d'or de mon magot d'amour. Les vieilles en ont à foison dans les doubles fonds des tiroirs secrets de leur cœur qui bat la breloque.

Votre Jeanne

Noémie, petite âme,

La sincérité est cause de drame, d'abandon, de tragédie dont la victime est toujours la personne qui est passée aux aveux. Je n'aurais jamais dû traiter d'obscène votre missive ni soulever le couvercle de la cocotte où bout le magma en fusion du noyau de ma tête. Un besoin d'exister, de capter l'attention, d'avoir l'impression d'être encore vue malgré l'âge qui vous efface. En vous montrant mon envers, je voulais vous dire le prix de mes efforts, vous faire voir à quel point je m'étais reniée dans l'espoir de vous conquérir.

Depuis, vous me boudez. Vous n'accusez même pas réception de mes supplices. Envoyez-moi des insultes, soudoyez un gamin pour qu'il vienne me cracher in vivo en pleine figure. Montez un plan machiavélique afin qu'on me condamne pour un crime perpétré avant notre ère sur l'île de l'Atlantide. On doit avoir commis là-bas bien des horreurs jamais élucidées.

Je suis prête à reconnaître ma culpabilité. On me croira un peu plus vieille que je ne le suis, voilà tout. De nos jours, on prend les siècles pour des décennies et d'aucuns confondent les deux derniers conflits mondiaux avec les guerres du

Péloponnèse. Un procès dans un stade, un amphithéâtre ouvert à tous les vents. Un spectacle télévisé, des gros plans sur mon visage contrit et les péroraisons des avocats filmées caméra à l'épaule par de jeunes cadreurs fringants.

Vous voyez bien que la vieillesse bouscule la raison. Un criquet affamé dont nos neurones font les frais. Il les dévore, les digère, en fait de la poussière et voilà nos pensées évanouies. Ces cages arrimées à notre cou de dindon, des cachots où l'on cloître les aliénés. Nous portons sur nos épaules la nef des fous bondée de malheureux édentés, en haillons, dont les hurlements n'intéressent personne et tournent sous la voûte osseuse comme chauve-souris dans une grotte.

Quand on devient âgée, on est plus assoiffée encore de vedettariat que les adolescents. Je me surprends parfois à chanter, à trouver ma voix belle. Je bredouille des répliques chapardées dans les feuilletons télévisés. J'entame un pas de danse sur la terrasse dans l'espoir qu'un imprésario m'observe à la longue-vue depuis le pont de son yacht, qu'un public à l'œil perçant, à l'oreille fine, se forme peu à peu sur la plage, que quelque badaud remarque un de mes entrechats et traverse la promenade pour venir m'offrir un morceau de conversation.

Bref, je me sens bien seule depuis que vous m'infligez cette fâcherie. Je parle au vent, il emporte mes paroles avec les oiseaux migrateurs qui volent à tire-d'aile vers les tropiques, l'équateur, la charnière qui articule la terre avec le paradis. Venez donc me voir le week-end prochain, mon gâtisme vous amusera.

Avant de la cacheter, je couvre cette lettre de baisers. Vous vous en frotterez le visage pour qu'ils ressuscitent au contact de vos joues, n'est-ce pas petite âme ?

Jeanne

Noémie,

Après ce week-end fabuleux à peine émaillé d'incidents mineurs, je m'attendais à une lettre de château glissée dans une élégante boîte de chocolats en velours de chez la marquise de Sévigné. Votre impolitesse est charmante, votre grossièreté m'attendrit. Je respecte votre silence. Les histoires d'amour sont saupoudrées de no man's land, des périodes, des hémistiches destinés à laisser respirer en son milieu l'alexandrin, des entractes qui permettent aux comédiens d'aller se reposer en solitaire dans leur loge.

Je me permets ce soir une tirade dans le couloir en espérant qu'elle traversera le bois de la porte et atteindra vos ouïes, petit poisson, narcisse toujours à l'écoute du moindre de vos soupirs devant votre grand miroir à lampes de jolie tragédienne.

On tire au large un feu d'artifice, une foule avinée le contemple depuis la promenade. On dit que Proust aimait les fusées, les déflagrations, les coulées d'étincelles. Cet homme écrivait des livres que je n'ai jamais lus. Aux phrases, je préfère les vagues. Aux histoires, les propos incohérents des vaniteux goélands, des modestes mouettes.

La culture nuit à la vie, à force de démonter le monde elle ne laisse plus dans les têtes qu'un monceau de pièces détachées. Sans compter les artistes frappés de médiocrité qui nous infligent leur vision monochrome et nous voici revenus au temps du daguerréotype. Les ciels gris, les habits noirs, les sinistres couchers de soleil à la lumière de lavis. Si j'étais condamnée à devenir littératrice, il me semble que j'userais de fleurs, d'ornements, de couleurs vives, gaies, point de teintes pastel dont la subtilité ennuie, mes phrases seraient des colliers chamarrés. Si j'écrivais, mon Dieu, je m'offrirais tous les plaisirs du langage.

À trop correspondre, fasse le ciel que nous ne finissions par dégénérer en romancières. Déjà la métaphore ronge nos lettres et pour une raison qui m'échappe nous partageons toutes deux la manie de jouer avec nos têtes. Vous avez mis une fois un cachou dedans, comparé votre intelligence à un grain de millet, dernièrement j'en ai fait la nef des fous, aujourd'hui je la transforme en entrepôt et votre audace il y a quelques mois de parler de votre cerveau d'or ?

La métaphore n'est-elle pas une insolence ? Une manière de ricaner à la figure du réel en lui signifiant son incomplétude ? N'est-ce pas un jeu dangereux ? Finirons-nous bientôt trucidées par un glaive que nous aurons suscité en parlant d'un visage en lame de couteau ?

Poutine était un rude ami du réel. Il détestait la métaphore, ne comparait jamais rien, se gardait en toute circonstance de maltraiter le langage. Les mots tombaient rarement de sa bouche, un paresseux goutte-à-goutte langagier sans verbe ni complément, des vocables destinés à informer sans commenter en aucune façon. Dire *neige* suffit pour dire qu'il va neiger. *Mal* en posant la main sur sa joue évoque sans conteste un rendez-vous chez le dentiste. *Kilomètre* exprime le désir de partir en vacances dans un pays lointain.

Nos lettres ont peut-être frôlé la littérature mais vous êtes à coup sûr coupable d'être peintre. J'ai la déplorable indulgence de vous pardonner. Je suis même disposée à dire adieu au monde pour installer mes pénates dans un de vos tableaux. Anachorète méditant sous la gouache sur votre silhouette vaquant au logis, votre main tenant fermement le chiffon imbibé d'essence de térébenthine, vos yeux traquant les imperfections disparaissant l'une après l'autre d'un léger coup de pinceau.

Vous êtes ma dernière histoire d'amour. Les plus grandes beautés ont parfois été badées par des êtres contrefaits, plissés, délabrés. Il n'est pas si rare qu'elles aient consenti à leur accorder un coup d'œil ému. Je ne vous demande pas une nouvelle rencontre du troisième type, les vieux sont d'ennuyeux extraterrestres dont la compagnie lasse vite les princesses d'ici-bas. Je mendie simplement quelques phrases jetées en vrac sur une feuille.

Écrivez-moi une lettre illisible si le cœur vous en dit, je la relirai délicieusement jusqu'à en perdre la vue. À force, je finirai par trouver des mots sous les griffures. J'inventerai des serments, des caresses, des promesses d'éternité. Je ferai s'évader vos gribouillis de leur prison de papier, papillons après lesquels je courrai comme une gamine dans tout l'appartement. Je les capturerai avec un filet à provisions, ils piailleront sous mon drap et au matin je leur rendrai la liberté sur la terrasse. Ils s'enfuiront dans la brume, mais certains effarouchés par la lune me reviendront à la nuit tombée. Ils rejoindront leurs confrères tout juste sortis de la gangue de la page. Quelle hôtesse je serai, retrouvant l'instinct pâtissier qui sommeille dans le cœur des mères pour leur édifier une volière aux barreaux de sucre filé.

Je rêve de m'envoler. Être jeune, c'est être oiseau. On se passe d'ailes, de réacteurs, on se jette dans le ciel, on se défenestre. On est toujours léger quand on n'est pas encore lesté du poids des années. Le temps est une ancre, en vieillissant on tourne en rond toujours plus près de la bouée, on a peur de l'ouragan, du roulis, de la brise. Je m'échapperai légère de cette gravure de ce que je fus, de celle que j'étais encore avant-hier.

Je vous attends. Il y a assez de week-ends dans une vie pour que vous en trouviez un dont vous n'avez pas l'usage. Si vous tardez, prenez garde d'avoir un jour la surprise de me voir fondre sur vous à tire-d'aile quand vous ouvrirez la fenêtre de votre cuisine pour dissiper les miasmes du dîner. La jeunesse me monte à la tête, méfiez-vous des vieilles qui s'en sont enivrées. Obéissez, venez, laissez-vous chérir.

Sur la ligne Paris-Cabourg, on vient d'inaugurer un nouveau train à impériale dont en fait de charbon la chaudière brûle des pelletées de sortilèges. Il est véloce comme la lumière, point n'est besoin d'aller le prendre dans une gare, vous le guetterez perchée sur votre toit et quand il surgira vous n'aurez qu'à sauter avec votre bagage. Venez sorcière, arrivez.

Jeanne

Madame,

Un week-end fabuleux ? Je ne vois vraiment pas à quelle fable vous faites allusion.

Je vous prie de trouver ci-joint une note de blanchisserie, de coiffeur, ainsi qu'un justificatif afférent à la somme que ne me rembourseront ni la Sécurité sociale ni ma mutuelle pour le remplacement de l'incisive que vous m'avez brisée lors de la scène de ménage qui a clos notre sinistre week-end. Vous pouviez certes repousser mes avances sans vous moucher dans ma robe ni brûler ma tresse avec le petit lance-flammes qui vous sert à allumer vos bougies. Par ailleurs, tenter de fracasser mon sourire avec ce maudit marteau de cordonnier dont votre Poutine se servait pour ferrer ses brodequins relève carrément de la tentative de meurtre.

Je pensais pouvoir vous pardonner, mais en définitive je ne peux. Ce serait immoral d'excuser une pareille scélérate et la voix de ma conscience ne me laisse pas un instant de répit. Depuis mardi, elle a même quitté mon for intérieur pour pousser jour et nuit des hurlements dans tout l'appartement. C'est un fauve, une conscience en furie. Le soir j'hésite à m'endormir tant je crains qu'elle ne se précipite sur moi pendant mon sommeil et ne me déchiquette comme une proie. Ses cris ameutent le quartier, même l'épicier arabe du coin de la rue m'adresse chaque matin ses doléances quand je passe devant son étal d'oranges et de papayes.

Si vous êtes hélas trop vieille pour être maltraitée quelques années dans une de nos épouvantables prisons françaises, vous devez payer au moins les dégâts matériels dont vous êtes la cause. Par charité, je vous fais grâce du pretium doloris que je serais en droit d'exiger pour la plaie morale que vous avez ouverte dans mes tréfonds. Puisque vous croyez au ciel, vous en serez quitte pour vous faire enguirlander par Dieu tandis qu'Il vous poussera dans la chaudière de Lucifer à grands coups d'encensoir.

Je souhaiterais un prompt paiement en liquide. Je viendrai l'encaisser avec mon nouveau fiancé. Je tiens à vous le présenter afin que vous puissiez constater son existence. Contrairement à ce que vous avez eu le front de prétendre, je ne vous désire pas par pis-aller et suis toujours assez séduisante pour remplir mon lit d'un homme. Il n'est pas beau, mais aucune trace sur son visage du hideux museau de ce Geoffrey auquel vous semblez en définitive si attachée. Il n'a pas la prétention d'être architecte, depuis son licenciement d'une mairie de la grande couronne qui a décidé de se débarrasser de tous ses employés aux noms à consonance étrangère, il répare humblement les automates que de riches collectionneurs lui confient.

Il ne gagne guère. Il m'offrira pour Noël un polichinelle constitué de bouts de torchons cousus avec amour. Il vivrait sur un banc public et mangerait rarement si je ne l'entretenais pas comme un gigolo. Peu de chance qu'il s'enhardisse un jour à moufter, la société est trop cruelle envers les gagne-petit. Il sait fort bien qu'à la moindre incartade je l'enverrai coucher sur le palier et qu'à la troisième je le mettrai à la rue.

Pour éviter de me donner une image trop déséquilibrée de notre relation, je me fais une discipline de ne jamais me trouver au-dessus de lui quand nous faisons l'amour. Il est assez léger pour ne pas m'écraser et même si cette position est passée de mode, je m'en contente. Un ménage est par excellence le lieu des concessions et des frustrations nécessaires à la bonne marche de cette petite entreprise dont les deux actionnaires doivent avoir les dividendes pour seule obsession. Une mauvaise gestion et on dépose le bilan comme n'importe quelle crémerie croulant sous les dettes. Votre Geoffrey ne m'a jamais accordé qu'un strapontin au conseil d'administration de notre couple, ce fut une des causes majeures de sa déconfiture.

Sans amour l'existence est déprimante si vous appréciez le bonheur. Seul l'amour m'arrache, me propulse, me jette hors de moi, petite balle flottant au-dessus des corps pagayant vers l'orgasme, la coulée de lave, le raz-de-marée et puis l'accalmie, le clapotis sur le rivage.

Ils sont mystérieux les nouveaux amants. Des palimpsestes à l'écriture pas encore tout à fait apparue, une langue étrangère charmante dont on rêve le sens en écoutant pâmée la mélodie. Les années passent, on finit par la parler couramment. Elle a perdu ses charmes l'un après l'autre, des mots dénués de tout apparat, nus et crus, sans ces ornements qui les faisaient scintiller. Le mot amour déchu, deux solitudes en vis-à-vis. La table où on soupe n'est plus qu'une auge où l'on ramasse sa nourriture d'une mâchoire avide comme paire de bœufs une harassante journée de travail terminée, le foin de la mangeoire.

Vous trouvez que j'exagère ? Mais oui, l'amour exagère toujours. Quand on le voit arriver, quand on le tient par le col, quand il dure, quand il s'affaisse, s'étiole, pourrit sur pied ou devient sec comme l'amadou. Les amours se ressemblent tout autant que les livres qui pour sublimes ou mauvais qu'ils soient sont faits du même alphabet, de semblable papier, s'affichent sur des écrans issus de la même technologie.

Tout se vaut, Jeanne, et c'est bien là le hic de la vie. Nous sommes des histoires merveilleuses ou sordides, noires ou éblouissantes, mais elles finissent toujours mal et nous passons notre existence à haïr le cadavre que nous serons, qui nous lorgne, nous attend quelque part planqué, aux aguets, gueule ouverte.

Vous me trouvez pessimiste ? Certes, le bonheur est l'oubli et quand flanche l'humeur, la lucidité nous inflige la vision du réel. Il en faut des illusions, des coups de foudre, des baisers pour se persuader que le réel n'est que billevesées et accepter de vivre.

Il suffit d'un rien pour que le bonheur revienne. Un clignement de nos paupières dans le miroir qui nous fait nous gausser de notre mine d'orpheline, la voix inattendue d'une amie qui nous raconte un potin, le rire d'un gosse qui s'échappe de la fenêtre ouverte d'un immeuble que nous longions un instant plus tôt en rasant le mur, un chien qui tournoie au bout de l'interminable laisse à laquelle s'accroche un petit bout de femme prête à s'arracher à la ville.

La vie ne cesse d'imaginer, de préparer des surprises, de nous faire des niches et des cadeaux. On parle d'un mourant ému par la fraise des bois sur le gâteau que lui apporte une aide-soignante en dessert de l'infâme plateau dont il n'a pas avalé la moindre bouchée. L'image d'un plaisir d'enfant, le souvenir d'un anniversaire, de la vitrine du confiseur qui nous sautait aux yeux à chaque fois que nous la croisions en sortant de l'école.

On a même relevé dans l'histoire des exemples de bonheur contagieux, une épidémie soudaine qui frappait une population déshéritée, dix ans de joie, des jours, des nuits, des printemps, des hivers où ni les maux ni la mort n'osaient.

Et puis, vous les avez connues ces épiphanies, ces gaietés inattendues qui parfois éclatent en nous, ces coins de rue éclairés soudain par un rai de soleil qui troue un nuage pour vous illuminer et vous donner la sensation d'être en vie une fois pour toutes, d'être née à jamais, la mort derrière soi avec l'éternité qui nous a précédées.

Voyez ma joie soudaine. Regardez la page avec plus d'attention et vous devinerez mon sourire sous l'encre. Il m'a suffi d'allumer le lustre pour que le jour se lève. On dirait à présent qu'une musique envahit la maison, une marée de notes, des violons, un Te Deum, un magnificat.

Même les objets à l'occasion viennent à notre secours, les boîtes à musique se remontent toutes seules, les cheminées nous offrent une flambée, le goût des fruits de juin remplace celui des larmes et dehors les gouttes de l'averse deviennent les confettis d'un carnaval.

Attendez-nous le 12 mai. Je suis actuellement un régime énergisant à base de bœuf cru et de tartares de poisson gras. Vous aurez soin de me préparer également un assortiment de gâteaux au gingembre confit. Vous nous donnerez votre chambre. Je ne saurais trop vous recommander de nous mettre des draps frais et d'aérer la pièce quarante-huit heures durant avant notre arrivée.

Vous nous accueillerez gaiement. Bien que les premiers jours de mai ne se prêtent guère à ce genre de décoration, parez le salon de guirlandes, de boules dorées, de gui. Prévoyez aussi de m'offrir une de vos maisons. Vous ne sortez plus, le méchoui est annulé et Geoffrey en a tant construit qu'il vous louera de l'avoir soulagé d'un bâtiment superflu.

Vous avez amplement le temps de convoquer un kinésithérapeute. Qu'il redresse votre colonne. Il me déprimerait d'être reçue par la bossue que vous avez coutume d'être. Vous n'aurez qu'à lui demander de vous attacher une planchette dans le dos. Les vieux doivent faire bonne figure pour être tolérés.

Noémie

Chère Noémie,

Votre lettre a illuminé ma petite vie. Elle a repeint à neuf la caverne où je gis, ce crâne obscur où sautille ma tristesse âgée. Un éclair a traversé mon âme depuis longtemps impotente dans son fauteuil d'infirme, mon âme qui hélas ne peut plus décoller sans être fermement arrimée au train arrière d'une jeunesse.

Vous êtes ma substance revenue, le sang qui soudain emplit mes artères asséchées comme bras craquelés d'une mer morte. Depuis votre annonce, je fuse, je suis jet d'eau, geyser, j'inonde mon logis d'enthousiasme, de volonté joyeuse de continuer à vivre jusqu'à la dernière goutte de mon temps.

En arpentant le journal, j'ai trouvé au hasard d'un encadré une ostéopathe qui promettait monts et merveilles. Une femme aux cheveux rouges, à l'œil vert, aux doigts longs comme des baguettes de jonc. Elle me manipule, me triture, me masse de l'aube à la lune. Je suis moulue mais vaillante, je peux toucher mes genoux avec le front, monter mes épaules jusqu'à la cime de ma chevelure, marcher quelques instants à cloche-pied.

Afin de doper mon métabolisme, elle m'injecte des vitamines, me fait boire des bols d'huile d'olive, me gave de pots entiers de gelée royale. Elle m'appelle la reine des abeilles. De fait, il s'en faut de bien peu que je ne bourdonne comme une ruche.

Le coiffeur m'a teinte, mon dermatologue m'a déplissée en glissant sous ma peau des fils de cobalt, le tailleur du Clos Mathilde dont l'arrière-grand-père a confectionné en septembre 1899 un smoking à Henri Poincaré en villégiature au Grand Hôtel m'a coupé des chemises de nuit, des robes de chambre, de cocktail, de soirée, même une robe de mariée dans le cas où vous prendrait la fantaisie de me céder votre amant pour que je m'en fasse un second mari.

Quand vous arriverez, le notaire sera au garde-à-vous devant mon secrétaire Napoléon III. Vous n'aurez plus qu'à signer la liasse de documents qui vous feront légitime propriétaire de ma villa de Menton. Vous aurez vue sur la mer, neuf salles de bains, sauna, piscine d'hiver, d'été, garage garni d'élégants cabriolets, de lourdes berlines et de petits yachts sur leur support à roulettes prêts à gagner le port et à prendre le large. De somptueux travaux de rénovation sont en cours, tous mes autres biens hypothéqués afin de pouvoir faire de vous une propriétaire comblée.

Quelle joie d'imaginer Geoffrey trouvant mon notaire l'attendant sur un banc du cimetière pour lui annoncer qu'en fait de patrimoine je lui laisse des dettes. Sa colère d'enfant gâté tapant du pied la terre sacrée des morts, sa larme à l'œil, ses poings serrés tentant en vain de boxer mes mânes dans l'air humide de Nantes où un ancêtre toqué de marine a fait édifier il y a deux siècles notre caveau. Qu'il sera laid son visage crispé, son cœur ratatiné par la honte de s'être laissé gruger, qu'il sera sombre son psychisme désespéré d'avoir été abandonné par sa mère.

Dans sa mansuétude, Dieu accorde sans doute au défunt un dernier regard sur les siens avant de rejoindre ses bras adorables. Je me réjouis par avance d'assister l'espace d'un clignement au spectacle de son désarroi. Soyez persuadée une fois pour toutes que ma haine de lui est la clé de voûte de mon penchant pour vous.

Boucher, poissonnier et pâtissier sont prévenus de votre arrivée. Esquichés sous une tente plantée sur la terrasse, ils vous serviront à la demande les trésors de leur industrie. En outre vous pourrez hurler à votre guise si votre amoureux est assez habile pour vous subjuguer car un tapissier viendra jeudi faire de la chambre une pièce capitonnée.

Quel heureux séjour en perspective. Vous pourrez toucher du doigt le bonheur. Ma vieillesse se fera tapis rouge. Vous la foulerez du pied, enfoncerez vos talons dans ses crevasses et si les fils du dermatologue viennent à céder, vous pourrez même repasser au fer chaud mes rides. J'ai commandé à dessein une centrale vapeur dont la pression est assez forte pour lisser une trisaïeule. Petit poisson éternel, qu'à votre départ je ne sois plus qu'une limande morte.

Avant de la cacheter, sachez que j'aurai baisé cette lettre à en perdre les lèvres. Mais au fond, qui se soucie de

la bouche des vieillards sur laquelle déposer un baiser
dégoûte? Quoique vous fassiez parfois mentir cet adage
à l'excès.

Votre Jeanne

Madame,

Nous n'aimons guère Menton, par ailleurs nous n'en pouvons plus du vacarme des travaux. Vous avez laissé se délabrer ce domaine pendant des décennies, à présent c'est nous qui payons les pots cassés. Vous regrettez d'avoir compromis votre avenir matériel pour financer tout ce chambardement mais il me semble qu'à votre âge on n'a plus guère besoin d'argent. Votre futur sera court, que vous importe d'être enterrée en grande pompe ou à la fosse commune si d'aventure votre tombe était hypothéquée comme le reste ? La vaniteuse que vous faites, grotesque petite dame rêvant d'une éphémère carrière de star du boulevard des Allongés.

Nous n'avons que mépris pour une mauvaise fourmi qui par pusillanimité n'a pas su profiter des marchés financiers pour prendre des options baissières sur les Bourses européennes, elles n'ont cessé de s'effondrer depuis les premiers balbutiements du nouveau millénaire. Une bonne femme maligne et audacieuse croulerait aujourd'hui sous le poids de sa fortune au lieu de se répandre en jérémiades. Vous me demandez compassion, pitié, mansuétude ? Mais avec mon compagnon nous sommes tout à fait démunis de ce genre de denrées.

La société vous accorde toujours un morceau de la retraite de votre mari. Pas assez pour festoyer mais suffisamment pour vous nourrir. À présent que vous louez votre chambre, vous disposez chaque mois d'un bel argent. En outre, votre grand âge vous met à l'abri de l'expulsion. Cessez de vous prendre pour une princesse, la frugalité a du bon, les repas que l'on saute n'indigèrent ni ne pèsent sur l'estomac.

Quand nous vous avons visitée, vous étiez grasse, replète, un poids extravagant pesait sur votre frêle carcasse. Voilà des réserves que vous n'êtes pas près d'épuiser. La disette fera de vous un cadavre plus léger dont les employés des pompes funèbres vous seront reconnaissants quand il s'agira de descendre votre bière par l'escalier en colimaçon de votre immeuble aux occupants assez désinvoltes pour n'avoir jamais pensé à faire installer un ascenseur.

Ne nous prenez pas pour des brutes, cela nous désobligerait grandement. Cependant nous ne vous sommes guère reconnaissants de nous avoir enrichis, cette villa est une authentique calamité. Nous pouvons tout au plus espérer que lorsque les travaux seront enfin finis nous pourrons la vendre à quelque fortuné. Le produit de la transaction nous permettra d'envisager un avenir sans labeur ni problèmes matériels. Nous ne serons pas heureux pour autant.

Nous sommes sensibles et peu sereins, nous serons torturés jusqu'à la fin de nos jours par les angoisses métaphysiques qui comme bandes de corniauds mordent cruellement les mollets des anxieux. Nous n'avons pas comme vous la chance de bénéficier des douceurs de la religion. Pauvres athées que nous sommes, hantés par le néant où nous tomberons inéluctablement quand notre corps aura vécu, tandis qu'agenouillée sur votre bout de terrasse vous vous gavez d'espérance, ce mets délicieux dont nous sommes pour toujours privés.

Plaignez-nous, nantis misérables grelottant sur les terres glacées des mécréants, ce pôle Nord où nous ne sommes que limaille destinée à finir agglutinée sur le grand aimant du vide. Elles sont belles nos nuits glaciales, exaltantes nos journées à briser les vagues de cette mer gelée avec pour tout horizon les icebergs erratiques de la désolation peuplés de phoques noirs et luisants comme laque de catafalque.

Priez donc pour nous, au lieu d'assourdir les oreilles de Dieu par vos réclamations égoïstes. Exhortez-le à nous accorder la foi, ce sésame sans lequel il n'est pas question d'accéder aux douceurs du paradis. Nous sommes des parias sans permis de séjour là-haut et si nous échappions par extraordinaire au zéro absolu du néant, nous suerions à jamais dans le hammam de l'enfer où les damnés rêvent sans fin de neiges éternelles pendant que vous vous pavanerez sur une jonque qui descendra paresseusement un fleuve du paradis en vous moquant de nos souffrances infinies.

Promettez-nous au moins s'Il existe de lui parler de nous quand Il vous accordera un entretien. Notre curriculum vitæ est certes épouvantable mais dans sa bonté proverbiale Il acceptera peut-être de nous rafraîchir d'un seau d'eau froide chaque dimanche. Une carafe, un verre, un dé à coudre, nous lui serons éternellement reconnaissants du moindre flocon qu'Il nous consentira à chaque jubilé.

Voyez notre dénuement. Touchez du doigt notre âme calcifiée sèche comme un osselet. Hydratez-la de vos prières. Posez votre main sur nos têtes aux cerveaux inquiets. Nous vous implorons.

Noémie

Noémie,

À votre demande, depuis six mois je prie pour vous. Pourtant je ne crois plus aux vertus de la religion car elle ne m'aura été d'aucun secours pour accroître le capital que j'ai reçu en héritage de mes parents. Le bon Dieu a même accepté que l'honnête patrimoine accumulé par Poutine durant toute une vie de travail soit englouti en 1997 dans une spéculation sur les cours du cacao. Au lieu de me prosterner toute ma vie, j'aurais mieux fait de potasser des journaux financiers et des traités d'économie.

En définitive, je suis convaincue aujourd'hui que sur le plan pratique on a intérêt à ne croire en rien. Prier me rend molle, à force de supplier le ciel je me sens perdre toute méchanceté. Or, je suis en voie de paupérisation et si je veux éviter la discipline humiliante des hospices, il me faudra tenter ma chance dans la rue et dévorer mon prochain avant qu'il ne fasse de moi une proie. Ne comptant pas vivre de la charité publique, je briganderai, dépouillerai de leur sac des plus vieilles que moi et les enfants de petit format lestés d'argent de poche par des parents généreux.

Priez le diable si vous voulez, mais je le crois aussi indifférent à notre sort que son confrère. Vous feriez mieux de vous attacher à la belle richesse dont vous bénéficiez grâce à ma ruine. Dites-vous qu'un gros billet de banque recèle au fond de lui plus de possibilités de béatitude que le paradis. Au moins, l'argent vous permet de choisir vos joies, tandis que là-bas on devra se contenter de celles qu'on nous donnera. Je ne suis pas certaine de jouir beaucoup de cet interminable séjour dans les bras de Dieu. Ceux des hommes on s'en lasse, pourtant leur tiédeur, leur peau, les muscles qui affleurent réconfortent. Alors que les membres de cette abstraction ne sont sans doute que courants d'air, si tant est qu'il reste encore là-haut assez d'oxygène pour faire du vent.

Tout autant que d'un squelette, nous avons besoin de haine pour nous tenir debout. Si la bile se vendait dans les supermarchés, les consommateurs seraient plus heureux. Le bonheur de sentir en soi cette espérance de parvenir peut-être à faire le malheur d'autrui, le pousser vers la mort ou au moins lui rendre amère sa longue vie.

Le projet d'assassinat de Geoffrey m'avait revigorée. Depuis la mort de Poutine, mon existence était fade. Le cœur au bord des lèvres, je buvais chaque journée comme un broc de soupe tiède. Mes pensées étaient périmées, pareilles à des inventions d'avant-hier, elles ne trouvaient pas preneur. J'ennuyais Geoffrey avec mes réflexions que je remettais dans ma poche après lui en avoir donné un instant à respirer le fumet. J'essayais de les vendre aux passants mais vous savez comme ils sont moqueurs.

Grâce à notre projet je m'étais enfin sentie indispensable à une cause. Qu'elle soit sordide n'entamait pas ma joie. J'étais comme une illuminée qui se croit investie d'une mission pour la sauvegarde de l'humanité. Bien qu'il en coûte à mon instinct maternel, je m'employais à ne pas douter que cuisiner Geoffrey aiderait la planète à surmonter les embûches qui ralentissent sa rotation et font si courts nos jours à mesure que tombent les années.

Un architecte est nocif, j'ai toujours eu plus de sympathie pour un charpentier ou un honnête entrepreneur en maçonnerie qui ne sont que de malheureux soldats. Transformer les villes, domestiquer la savane, voler des hectares à la mer, c'est torturer les paysages, construire des camps, des baraquements. Que sont des habitants, sinon des bagnards obligés de payer leur place au dortoir, de s'endetter pour avoir le privilège de rêver la nuit de merveilles sur un châlit ? Les esclaves ont une valeur pour leur maître. Qu'ils tombent malades et c'est le prix de trois chevaux perdu. Les travailleurs de nos démocraties n'appartiennent à personne, en cas de décès point de propriétaire pour se lamenter.

Les architectes sont le bras armé de cette volonté de quadrillage, de mise en coupe réglée du planisphère, cette carte sur laquelle nous avons mission de nous débattre jusqu'à notre dernier souffle. Nous n'avons même plus l'audace de pleurer notre liberté depuis toujours évanouie. Nous ne sommes pas gouvernés par des hommes, c'est une idée de tous inconnue qui nous tient sous le joug. Elle monte du sol, tombe du ciel, nous ballotte, nous plaque, nous empêche de nous enfuir, elle borne notre horizon jusqu'à nous empêcher de distinguer la courbure de la terre. Une idée oubliée qui nous rend couards. Une idée comme une clé que nous aurions jetée à travers nos barreaux au fond d'un lac après en avoir usé pour fermer à double tour notre cage posée au bord de l'eau.

Demandez-moi donc quel est le sens de ce galimatias, je vous répondrai que je n'en sais rien et m'en soucie comme de colin-tampon. Un homme était en train de parler à la télévision, j'ai chapardé ses dires. J'aime à vous écrire. C'est un ersatz de conversation dont je me repais comme un ivrogne repenti d'une bière sans alcool. Ce soir les mots me manquaient, j'ai joué les plagiaires pour tracer quelques lignes supplémentaires sur le papier. Des propos assez mystérieux pour vous obliger à les entendre jusqu'au bout. Voilà de quoi hanter l'esprit quelques minutes et prolonger mon séjour en vos méninges.

C'est tendrement que je vous embrasse.

Jeanne

Chère Jeanne,

Vous me disiez avant votre attaque que ce festin était votre Graal d'hier. Je m'en voudrais de vous laisser déboussolée sur le chemin de votre mort prochaine. Nous avons tous besoin d'un projet pour oublier notre misère intérieure, ne pas périr d'ennui ou frémir sous la menace du futur qui nous emporte.

Depuis que nous avons vendu cette désagréable villa, nous nous sommes trouvés assez enrichis pour entreprendre un tour du monde sans fin. Nous sautons d'un avion dans un paquebot, d'une limousine dans un train, nous volons, nous voguons, nous roulons sur la croûte terrestre, ivres d'un tournis qui relègue nos angoisses à la périphérie de notre conscience.

Désormais, nous ne sommes pas plus préoccupés de notre inéluctable destinée d'humains que des pauvres gens obnubilés jusqu'à la torpeur par leur travail ou l'élevage de leurs petits. Nous sommes continuellement pompettes et nos gueules de bois sont rares. Nous les soignons en enjambant un continent, un océan. Le décalage horaire, le son nouveau d'une ville exotique, le changement de couleur des gens ont tôt fait de nous faire rejoindre les vignes du Seigneur où la désespérance à l'instant se mue en allégresse d'être nés.

Après quelques tâtonnements, nous avons donc trouvé notre voie. Cette villa, plus encore que les angoisses liées aux mauvaises perspectives de nos fins dernières, a tant encombré mon esprit que ma haine envers Geoffrey s'était assoupie. Les voyages, les fleuves, les monts, les vaux, l'étrange impression de n'être nulle part lors des transits dans les aéroports où la foule semble hésiter entre tous les coins du monde m'en ont tenue éloignée par la suite. Je le regrette aujourd'hui, puisque ce laisser-aller vous affecte.

Nous avons donc pris la décision de remettre ce projet d'assassinat à l'ordre du jour. Nous avons contacté avant-hier un cabinet d'avocats à qui nous avons confié la mission de rechercher de par le monde les associations et les lobbies susceptibles de s'être constitués par haine de votre fils dont les travaux les ont spoliés de leur terre, leur ferme, leur maisonnette ridicule à laquelle ils tenaient autant qu'à leurs poux.

Nous financerons autant de procès qu'il le faudra pour le rendre paranoïaque. Il croira que même la géométrie médite une procédure contre lui et pour se venger des mathématiques tout entières il dessinera des bâtiments boiteux qui à force de claudiquer perdront assez d'étages pour l'amener en correctionnelle, le ruiner au civil, l'envoyer en prison, enlever aux promoteurs et aux pouvoirs publics toute envie de lui confier l'édification de la moindre salle des fêtes, du plus petit hangar, de la plus insignifiante pissotière sur le bord d'une route d'intérêt local.

Il importe de se servir du malheur comme d'un attendrisseur, sa viande n'en sera que plus goûteuse et saturée de sucs. À sa sortie de taule, nous le traînerons une nuit sur une plage déserte et le saignerons.

Je ne détestais pas Geoffrey, mais j'aurais voulu un Geoffrey qui lui ressemble un peu moins, un Geoffrey rénové, repeint, repensé, dont on ait gardé le concept tout en changeant les arcanes de son logiciel, un Geoffrey 2.0 pour parler la langue des geeks. Est-ce beaucoup demander à un amant de surprendre sa chérie en se métamorphosant de temps en temps ? Le goût du public change chaque année et les Geoffrey se démodent. Quelle jeune femme se contenterait d'un téléphone du xxe siècle, d'un manteau de mémère en astrakan, d'un jouet de vagin en porcelaine écaillée fabriqué sous la Régence, rugueux à vous infliger des affres proches de celles qu'endurent les pauvres infibulées ?

Quant à moi, je peux me vanter de varier avec les saisons, les heures, les extrasystoles de mon cœur capricieux. Mais mon intelligence le dérangeait, il aurait voulu que mes pensées froufroutent, que ma voix prononce des phrases pommadées, pailletées, tout en fanfreluches, en verroterie, pas de ces pensées charpentées dont j'accouche plus souvent qu'à mon tour.

À cheval, petite Jeanne. Enfourchez votre haine, enfoncez profond les éperons dans ses flancs, montez-la à cru comme un Indien d'Amérique, serrez entre vos cuisses nues cet animal furieux. Haïr, c'est être relié à l'élite de l'humanité, celle qui crée, dirige, façonne l'avenir avec un saint mépris de ses contemporains courant comme des enfants après les hochets qu'on agite devant leurs yeux naïfs avides de rogatons.

Nous vous embrassons.

Noémie

Geoffrey,

Je ne t'écris plus, je ne t'écris pas. Cette lettre n'est pas une lettre, c'est une déposition. Je dois passer aux aveux pour apaiser ma conscience, j'en conviens peu épaisse, mais je ne suis pas encore parvenue à l'éradiquer tout à fait.

Tu le sais, depuis notre rupture j'entretiens une correspondance avec ta mère. Les premiers temps nous évoquions ton inconstance, ton orgueil incommensurable qui t'empêchait de me harceler, de noyer mon paillasson de larmes, de louer des ballons dirigeables pour me hurler ton éternel amour avec un porte-voix. Je t'ai pardonné depuis.

Malgré le temps qui sépare les dates de notre apparition sur la planète, la haine de toi a développé entre nous une sorte d'amitié. À vrai dire, au fil des mois elle s'est faite passion. Planera toujours le doute d'un faux pas, d'une rencontre charnelle un soir d'oubli dans son lit à Cabourg. La haine est sans doute la seconde patrie de l'érotisme, une sorte de triolisme dont la tierce personne est absente du lit. On oublie les corps, entre eux coule le mal, les souffrances qu'on rêve d'infliger à l'objet de notre détestation.

Je rougis de te l'avouer mais en fait ma mémoire est fidèle, le doute que j'évoquais plus haut est un mensonge. Ma jouissance fut intense, profonde, répétée et même handicapée de n'être pas munie de pénis, je suis au regret de te confesser que la mère m'a mieux étreinte que le fils. De retour à Paris j'ai fantasmé sur ses grosses lunettes à monture d'écaille qui lui donnaient un je-ne-sais-quoi de la perversité d'une secrétaire de film porno. Il est possible cependant que ma mémoire imagine, souvent le passé affabule.

Il n'en reste pas moins que nous avons projeté d'avoir ta peau. Un étranglement, un égorgement, un coup de couteau, de revolver, de batte de base-ball. L'abattage d'une bête dont on craint de gâter la viande par le poison. Nous rêvions d'un repas de gala, nos papilles frémissaient comme peau d'amoureuse sous la caresse d'une main froide quand le promis rentre à la maison après avoir affronté le gel.

L'eau à la bouche, je me réveillais chaque nuit pour concocter des sauces qui mijotaient jusqu'au matin. Je n'attendais pas midi pour en napper un rôti de veau, une pintade, un poussin. En fermant les yeux, j'imaginais savourer tes joues, ton gras bidon ou les rognons de ton sexe. Je me faisais une fête de la partie de campagne où nous nous livrerions à des agapes anthropophages dont tu serais l'esclave immolé sur l'autel de quelque dieu sanguinaire, gourmet, dont nous dégusterions en son honneur le repas. De toute façon, ta génitrice a des droits sur toi. Les corps des créatures ne demeurent-ils pas les dépendances de la personne qui les a créées ?

L'appétit de ta chair m'a quittée avec la haine. Je n'ai plus faim de toi, même une tranche découpée dans le filet ne me tente pas. Je dirais même que la seule idée de la voir fumante dans une assiette me soulève le cœur. Mais ta mère rêve toujours de te consommer. Elle m'abreuve de missives enthousiastes remplies d'idées saugrenues pour agrémenter le festin.

Une mère dénaturée. On a dû peu en voir dans l'histoire rêvant de dévorer leur enfant, même s'il est adulte, depuis longtemps d'âge mûr et s'il a pu profiter déjà de plus des deux tiers de l'existence moyenne que lui accordent les statistiques.

Par compassion pour sa vieillesse, sa maladie, sa solitude, je continue à alimenter cette correspondance. Afin de ne pas la décevoir, je lui dis persister dans ma volonté de te nuire pour attendrir ton cuir de quinquagénaire et n'avoir pas à hacher ta viande avant de la poêler.

J'ai presque honte de te l'avouer mais elle m'a donné sa villa de Menton. Il lui restait d'autres biens qu'elle a dû hypothéquer pour la rafistoler. Elle a aussi contracté plusieurs emprunts qu'elle est dans l'impossibilité de rembourser. Avoir été son fils ne te rapportera rien du tout. Je te crois assez philosophe pour surmonter cette déception, cela me réconforte les soirs où j'ai le cœur gros et que le remords me chatouille.

Noémie

Chère Jeanne,

Vos lettres se font aussi nombreuses que leur graphie chancelante. Bien que vous n'en souffliez mot, vous êtes sans doute sujette ces temps-ci à de rudes resucées d'attaques cérébrales. Si un jour le hasard de nos pérégrinations nous amenait non loin de la maison de retraite médicalisée dans laquelle on vous a enfermée, nous vous visiterions.

Quelle joie pour vous de nous voir apparaître dans la pénombre de votre chambre sobre et proprette. Nous vous apporterons un masque africain, des nems ou une roue de gouda, selon le pays où nous aurons la veille posé nos valises avant de grimper la nuit venue sur le dos d'un albatros pour vous rejoindre.

Je ne vous cache pas que nos retrouvailles sont peu probables. Si d'aventure nous nous rapprochons un jour de vous, vous serez peut-être déjà une morte d'avant-hier et nous serons devenus trop vieux pour supporter la vue de votre tombeau sans mourir de chagrin à l'idée que nous rejoindrons bientôt le monde des os où vous nous aurez précédés de quelques décennies.

Nous nous demandons si dans votre semi-coma la haine

vous est encore de quelque secours et si même vous en conservez le souvenir. Nous l'espérons, toutefois. Ce serait triste d'avoir subi un fils sa vie durant sans qu'il vous procure la plus petite jouissance avant le grand départ.

Nous sommes conscients de votre probable incapacité à lire cette lettre. Si vous n'êtes pas encore tout à fait sourde, espérons qu'une bonne âme vous en fera la lecture.

Nous ne savons pas s'il est d'usage de présenter à une mourante ses sincères condoléances avec un peu d'avance. Si les règles du savoir-vivre l'autorisent, nous vous prions de les accepter. Sinon, pardonnez notre impair, les personnes âgées connaissent de ces délicatesses dont depuis longtemps les jeunes ne sont plus informés. Dans ce cas, nous vous souhaitons simplement bonne nuit.

Noémie

Chère Jeanne,

Sans nouvelles de vous depuis bientôt six mois, nous vous pensons décédée. Étant toujours aussi mal renseignés concernant les usages, nous ignorons s'il est décent d'exprimer ses regrets éternels à une morte. D'un côté cela pourrait paraître absurde, un cadavre ne lit ni n'entend mais certaines paroles ont simplement une valeur symbolique. À longueur d'obsèques, les cimetières n'en peuvent plus de retentir d'*au revoir* et d'*adieux* murmurés à des cercueils assez courtois pour ne pas les renvoyer à la figure de ceux qui les ont dits.

Je ne peux me résoudre à contacter Geoffrey. J'exige de mon compagnon la plus grande jalousie, les femmes dont les hommes ne se méfient pas ne sont pas aimées. S'il découvrait le moindre brouillon de correspondance avec votre fils, ce serait d'interminables scènes de ménage, des cris, des coups peut-être et je me sentirais humiliée de parcourir le monde avec un nez brisé, des oreilles déchirées, le front défoncé, les cheveux par poignées arrachés, une paire de joues bleues comme des oranges.

Je rêve. Ce qu'on peut rêver les hommes. Je ne suis jamais

parvenue à lui inculquer la jalousie ni la moindre velléité de m'être infidèle. Il fait partie des pusillanimes qui ne connaissent ni la catharsis de l'adultère ni la douceur du retour au logis conjugal après l'assouvissement d'avoir aimé toute la nuit une autre. Il n'aura jamais le regard clair de ces mâles qui nous ayant choisies comme port d'attache sont fiers de planter leur drapeau ici et là, les maîtresses comme des criques où ils excursionnent le temps d'un dîner aux chandelles.

Si cette lettre est lue par votre notaire, il va de soi que nous lui demandons de ne pas y répondre. Nous avons eu la meilleure part de votre fortune, que Geoffrey se partage vos dettes avec vos éventuels neveux.

C'est du fond du cœur que nous jetons une gerbe de baisers sur votre bière.

Noémie

Ma Noémie chérie,

Certes, non, je ne suis pas morte. Je me sens au contraire assez effrontée pour demander au président de la République une grâce de quelques années afin de pouvoir fêter mon centenaire l'été prochain. Quelle belle perspective de se trouver parmi les derniers survivants de sa génération. La nique aux pimbêches qui n'ont cessé de vous railler au pensionnat, un coup bas dans les parties honteuses des godelureaux qui autrefois vous ont préféré des beautés.

Vous me trouvez d'autant plus pimpante que depuis le mois dernier je suis devenue toxicomane. Une jeune infirmière m'a initiée à la cocaïne un mortel mardi de février au ciel de vendredi saint dont les nuages flottaient au-dessus des lits en versant leur bruine. Un peu de cette poudre au fond du nez et je me suis sentie soudain fervente adepte de la vie. Un désir de sauter, de danser, de parler aux marches de l'escalier sur lesquelles je m'étais affalée d'enthousiasme. Je fus rattrapée, redressée, récupérée, fichue sur mon lit avec une remontrance. S'est ensuivie une nuit agitée parsemée de cauchemars. Je me suis réveillée percluse à l'aube.

Le lendemain, l'infirmière a accepté une bague d'argent contre plusieurs sachets dont j'ai transvasé le contenu dans une boîte à pastilles de menthe. La journée fut pétulante, la nuit tourbillonnante. Le jeudi suivant, elle m'a échangé un pochon d'héroïne contre une perle noire. Elle en a fait chauffer une petite quantité dans la cuillère de mon potage avant de me l'injecter.

Par bonheur, j'ai sauvé mon coffret à bijoux de la débâcle. Même si je vivais encore cinq ou six mois, les stupéfiants ne me manqueraient pas. Chacune de mes folles journées commence par une pincée et se termine par une intra-veineuse. Voilà ce qui s'appelle vivre.

Vous me voyez ragaillardie. La drogue ne vaut rien à la jeunesse. Coca et pavot furent inventés par l'Infiniment bon pour récompenser les vieillards d'avoir résisté aussi longtemps à l'envie de se faire sauter le caisson.

Hilare et survoltée, je potasse d'importance notre épouvantable projet. Avant les premières pluies de septembre, Geoffrey sera la cause d'une belle indigestion dont nous nous soignerons en piochant de conserve dans le même tube de citrate.

Jeanne

Chère Jeanne,

Nous prenons note de votre débarquement dans l'univers des stupéfiants. C'est assurément une excellente d'idée d'abréger vos souffrances en prenant du bon temps. Nous n'excluons pas de vous imiter quand nous nous sentirons proches du trépas, les poudres dont vous nous parlez doivent dissoudre plaisamment les angoisses eschatologiques et faire de la peur de passer le guet une réjouissance.

Ne craignez pas d'abuser de ces produits, laissez-vous submerger par l'ivresse, le bonheur n'est jamais si grand que lorsqu'il vous emporte, pompe les dernières gouttes de votre sang et laisse sur le visage de votre cadavre exsangue un sourire de reconnaissance à la vie.

Quant au projet d'assassinat de ce pauvre Geoffrey, nous constatons que les drogues n'ont en rien affecté votre désir de le mener à bien. Hélas au cours de nos pérégrinations, nous n'avons cessé de nous livrer aux plaisirs de la table. Sanglés dans un avion, un taxi, assis nonchalamment sur le pont d'un bateau, nous n'avons guère marché, encore moins couru, et les piscines des hôtels sont trop courtes pour nous avoir permis de brûler beaucoup de lipides en les arpentant de notre brasse lamentable qui nous permet à peine de flotter.

Nous envisagerions donc sans enthousiasme un banquet au cours duquel la courtoisie nous obligerait à faire honneur au rôti. Afin d'assécher nos tissus, nous privilégions ces derniers temps le poisson bouilli, les crudités et les légumes verts. Nous avons hélas la manie de consommer la viande avec de caloriques pommes sautées, ce serait un supplice pour nous de déguster votre fils avec une platée d'épinards. Nous vous demandons donc instamment d'attendre que nous ayons maigri pour le poser sur le gril.

Nous sommes actuellement en croisière sur la mer Adriatique. Toute cette lumière nous lasse. En définitive, nous trouvons l'obscurité consolante et belle. Nous préférons la nuit noire à la perspective du Jugement précédé par une procédure et des plaidoiries d'autant plus interminables que là-bas les siècles ne coûtent rien. Tout cela pour accéder un jour au paradis, cette éternelle sauterie où nous côtoierons probablement plus de rustres que de mondains. Foin de l'au-delà, nous choisissons le néant.

Nous vous embrassons.

Noémie

Noémie,

Pardonne-moi d'avoir tardé à te répondre. Ta lettre est arrivée ce matin. Le courrier erre de plus en plus longtemps avant de trouver les boîtes des destinataires. Bientôt il hibernera, partira l'été en villégiature et en définitive ce sera aux héritiers des correspondants que reviendra l'honneur de le décacheter trente ans plus tard.

N'aie aucun scrupule à propos de cette villa, je viens de recevoir mon poids en dollars pour paiement de l'érection d'une île dans le golfe Persique et suis plus riche que la plupart des mères de l'univers. Par ailleurs, je n'ai jamais eu de prétention particulière dans le domaine sexuel où pour des raisons qui m'échappent nos contemporains tiennent par-dessus tout à exceller. Je ne suis donc nullement vexé que ma génitrice m'ait surpassé en matière de pâmoison.

Je ne puis qu'abonder dans ton sens. Que ma mère veuille me dévorer, c'est après tout dans l'ordre. Quand on a élevé un bestiau, on a le droit de l'abattre et avant de déchiqueter sa viande d'un coup de dent, de la flatter du dos de sa fourchette comme on flattait sa croupe dans l'étable. Je n'ai aucun goût pour les gardes du corps, il n'est pas inimaginable qu'elle parvienne à ses fins.

Mourir de la main de sa mère ne doit pas être plus désagréable qu'agoniser d'un lymphome, d'une sclérose en plaques, que bêtifier interminablement dans un de ces délicieux mouroirs où on parque les gâteux.

Peu m'importe d'être cuisiné, mâché, avalé comme un bœuf ou une sole, la mort n'est jamais que l'interruption de la pensée, ce ressassement dont on doit très bien se passer. Nous disposons d'un bail précaire dénonciable sans préavis. Générations expulsées depuis la nuit des temps, pleurées par leurs colocataires vite consolés de pouvoir enfin investir leur ancien logement désormais vacant.

Continue à l'exhorter, à lui prodiguer tes conseils. L'exécution de ce crime éclairera ses dernières années. Peut-être même mourra-t-elle d'une ultime attaque la dernière bouchée de mon corps avalée, tant la commotion sera colossale. Je lui souhaite le bonheur par magnanimité, un plaisir narcissique dont je n'avais jusqu'alors jamais joui.

Pourtant j'aime assez l'existence, ce roulis de projets, d'immeubles qui surgissent comme autant de preuves de mon pouvoir sur le mode de vie des hommes. Du reste, les croque-morts qui porteront ma dépouille sont-ils déjà nés ? Il me semble lointain le jour de leur naissance. D'ici dix ans, quinze peut-être, je les croiserai dans un square confortablement installés au fond d'une poussette à quadruplés, leur père épuisé poussant la charrette tandis que la mère ploiera sous le poids des sacs pleins de biberons et de couches.

Demain, je me sentirai éternel. Le temps ne pèsera plus, de l'air, une brise dans les voiles, l'infini recommencement des jours avec cette espérance joyeuse de l'absolu bonheur. J'aimerai les années, le grand âge, la quiétude de la conscience suspendue, la jeunesse de ne plus même savoir ce que jeunesse veut dire. Les mots délivrés de leur substance, jolies bouteilles dont le vin est bu, baudruches, prosodie vide de sens dont on s'enivre comme d'une comptine.

Ta lettre m'a rasséréné. En la déchiffrant, je m'apercevais au fur et à mesure que je me vidais de mon amour pour toi. Une saine hémorragie, une saignée salvatrice et voilà que je ne t'aimais plus.

Après notre rupture, de l'amour, j'en ai connu l'envers. Le chagrin, la douleur, les heures où l'autre semble scintiller dans l'obscurité, éblouissant, magnifique. Impossible beauté et toutes les égéries de l'histoire comme des laideurs, statues sans regard, poupées d'où s'échappe un larsen en guise de mots doux.

J'aime te deviner en fermant les yeux, mes paupières comme des vitraux derrière lesquels on croit apercevoir une vierge belle comme une putain. La vérité ne souillera jamais l'imaginaire. Je t'aime autant qu'on peut aimer quand on a cessé d'aimer. Je t'aime comme un membre amputé dont on remue les doigts et qu'un regard dissout.

Si je me réveillais cette nuit amoureux et serein ? Le flou du sentiment dont il ne sait l'objet et peu à peu ton apparition, nette, découpée dans le noir, ton corps tiède prêt à me rejoindre, l'amour qu'on fait, qu'on ne fait pas, l'assouvissement d'être ensemble après l'avoir fait, le délice fébrile de savoir qu'on va le faire encore. Si on s'aimait ? Amour sans réserve, double fond, perspectives de naufrage, de veuvage, d'accident, de rupture. Notre histoire enchantée, claire comme le lever du soleil après le sommeil des corps repus d'amour.

Tu es une merveille, Noémie, galaxie, petit cosmos. Tu m'as éteint mais je me souviens. Ma beauté, comme avant, chaque nuit tu traverseras toute nue le couloir pour aller te désaltérer entre deux rêves et je te prendrai un instant dans mes bras avant que tu ne retournes frissonnante te couler dans la chaleur du lit. Je travaillais jusqu'au matin dans ce débarras que tu avais transformé en boudoir. Le bonheur de redessiner les villes en veillant sur la maison, sentinelle, petit soldat qui monte la garde pour décourager les rôdeurs, Belzébuth, les elfes, les archers de Baba Yaga et de Mami Wata.

On s'aime quand on ne s'aime plus. Mon amour, mon aquarelle, les matins où le reflet du soleil sur les fenêtres de l'immeuble d'en face posait sur ton visage une voilette de lumière et d'ombre. La peau blanche de tes épaules, le bol de café que tu buvais seule dans ton fauteuil avec la grâce d'une jeune fille invitée pour la première fois à prendre le thé chez la duchesse de Windsor.

Mon eau-forte, sur la pierre ton regard rongé quand tu battais en retraite devant la réalité. Sanguine parfois, blessée, écorchée, au chagrin inaccessible. Mon œuvre d'art lointaine comme peinte sur un plafond d'église. Mon amour inaccessible, même lors des corps à corps de l'amour. Mon mystère, tablette griffée par le stylet d'un scribe.

Notre amour, ce bolide. Quand le mur a été en vue nous l'avons embrassé sans un cri. Ils sont lâches les amants qui le contournent et s'en vont zigzaguer dans le décor jusqu'à la fin des temps.

Ceux qui ne s'aiment plus ont le droit de rapprocher leurs bouches une dernière fois avant d'être un jour arrachés à la chiourme des vivants et jetés à la mer avec leur boulet. Je t'appellerai demain.

Geoffrey

Noémie,

C'est dans la plus grande hâte que je griffonne ce petit mot. J'ai déjà écrit vos coordonnées sur l'enveloppe de crainte de ne pas avoir le temps de l'achever. Je suis en train de mourir. J'ai entendu murmurer que le patron du service avait fixé l'heure de mon décès à dix-sept heures vingt-deux. Il est moins le quart, ma main est déjà poussive.

En résumé, voici les dernières nouvelles de Geoffrey. Je crains fort que vu son état notre banquet ne soit à jamais compromis. Le faire mariner des mois dans un bain d'épices ne parviendrait pas à dissiper le goût de l'hydrocarbure dont est gorgée sa viande. Le mettre à griller sur un brasier le ferait exploser comme une voiture piégée. Un ragoût ? On ne pourrait pas même en respirer le bouillon sans périr asphyxiées.

Je sais que vous êtes inattentive au sort du monde et détournez la tête à chaque fois que vous croisez un média. J'ai quant à moi dans ma chambre un écran de télévision prolixe en informations de toutes sortes. C'est pourquoi je puis vous raconter par le menu la mort de notre commun

Geoffrey dont vous n'avez sans doute pas encore entendu parler.

Mardi matin, il débarqua solitaire dans un quartier déshérité d'une ville du Sud. Il avait plié en huit dans la poche intérieure de son duffle-coat le plan d'un village de vacances avec Luna Park et toboggan d'accès à la mer. Il s'est mis à photographier les barres d'immeubles devenues depuis longtemps des repaires de mahométans et malhonnêtes de tout acabit destinées à être pulvérisées afin d'exorciser la criminalité tout en permettant à l'urbanisme d'aller son train.

Une bande de gosses d'une dizaine d'années l'a cerné, jeté à terre pour lui voler son appareil. Arrosés de gaz lacrymogène par la seule mère de famille catholique à dix kilomètres à la ronde, les salopiots se sont dispersés la larme à l'œil. La brave femme l'a aidé à se relever, secouer sa veste et lui a offert de le réconforter chez elle d'une liqueur.

L'ascenseur qui menait à son appartement avait été transformé en abattoir où les habitants saignaient le mouton chaque nuit en grommelant des insultes à l'endroit des porcs que leur religion abomine. Ils ont donc emprunté l'escalier où au premier étage la femme fut violée pour la première fois, au deuxième pour la seconde et ainsi de suite jusqu'au huitième où se trouvait son logement.

D'après le jeune homme interviewé dans le couloir même où s'est déroulé l'incident, Geoffrey a été alors jeté au sol et piétiné par deux hommes à l'apparence floue sous la lumière branlante des vieux néons tandis que la femme introduisait sa clé dans sa serrure tout en subissant une douloureuse sodomie de la part d'un baudet dressé par un gang pour achever de semer la terreur dans les parties communes.

Geoffrey fut traîné par les pieds, sa tête pianotant chaque marche jusqu'au rez-de-chaussée. De son balcon, un voisin l'a filmé sortant de l'immeuble sur le dos. Il était saignant mais toujours vivant. On le relève, il titube sur le terre-plein. Les deux hommes sont encore flous, cette fois à cause des avalanches de soleil dont le quartier est la proie depuis le début du printemps. Geoffrey apparaît quant à lui étrangement net ainsi que l'essaim de balles dont l'air se trouve moucheté alors que les mitraillettes d'où elles émanent demeurent tout aussi incertaines que les tireurs.

Notre Geoffrey de s'effondrer. Apparaît alors une gerbe d'essence dont on ne voit ni la bouteille ni le bidon, suivie d'une flamme dont on ne distingue pas plus l'allumette que le briquet. Notre Geoffrey de flamber et le commentateur d'affirmer qu'il venait de subir le supplice du barbecue auquel la pègre du Sud condamne d'ordinaire les traîtres. D'après le ministre de l'Intérieur, il a été brûlé pour faire un exemple et décourager toute tentative de métamorphose de ces lieux de déchéance en bases de loisirs.

Puisque vous faites régime, vous ne verserez pas la moindre cuillerée de larmes sur notre festin évanoui. En mâchant quelque salade aromatisée d'un filet de citron, vous vous emploierez à imaginer qu'à sa mort il s'est fait laitue pour vous offrir le plaisir de l'avaler sans alourdir votre ration.

Au moins, mon fils m'aura précédée dans la tombe. Je m'en vais sereine, laissant derrière moi une planète nettoyée de tous mes gènes, pareille à ces toilettes qu'il est d'usage de laisser dans le même état que celui dans lequel nous les avons trouvées en arrivant. Je regrette certes notre banquet mais la satisfaction du ménage accompli se mêle en moi aux nectars qui réchauffent mes vieux jours et je touche au bonheur.

Je suis si heureuse que la mort m'a oubliée le temps d'achever cette lettre.

Votre Jeanne

Geoffrey,

Ta mère m'a fièrement annoncé ton assassinat dont elle était tentée de s'attribuer le mérite. Je la sais menteuse, elle aura inventé ta mort. J'ai appris le mois dernier par un journal qui traînait sur le siège d'une salle d'embarquement que tu allais raser de près Berlin et tout entière la reconstruire. Un chantier de quinze ans c'est bien long pour un homme de ton âge et pour un mort n'en parlons pas. Tu devras surveiller ta santé, prendre garde à ne pas encombrer ton esprit de souvenirs afin d'éviter le spleen si nuisible à l'espérance de vie.

De toute façon, il y a beaucoup d'excès à dire que les gens sont morts. Ils ont trébuché avant nous, voilà tout. Aussi bien ils ressusciteront bientôt comme les enfants se relèvent d'un bond d'une chute de vélo. L'image de ton corps inanimé m'a toujours été familière, dès le premier jour j'ai su que si je ne prenais pas les devants, ce serait la mort qui se chargerait de rompre à ma place. Pour une jeune femme, c'est un des avantages des hommes mûrs. Après eux, la vie aura le temps de recommencer. Nouvelles amours et la certitude de pouvoir encore concevoir après eux des enfants à sa guise maintenant que nous pouvons procréer jusqu'à soixante-dix ans. Ce sont des coups d'essai sans conséquence comme ces flirts de lycée qui se terminent avec le début des grandes vacances.

En te quittant, j'ai devancé la mort et t'ai remplacé par un moins vieux que toi. Le grain de peau est plus fin, le poil moins rêche, le caractère garde encore un peu de sa souplesse, on peut espérer le modeler comme la pâte à sel qu'on donne aux petits dans les crèches.

Je joins sa photo à ce courrier, si d'aventure tu découvrais un jour au fond de toi un désir de corps d'homme je te le prêterais volontiers en souvenir de notre passion. Il n'est pas si fréquent de pouvoir réjouir ses sens avec le chaînon qui vous sépare de votre ancienne dulcinée. Je t'offre tardivement ma part de perversité en cadeau de rupture.

Mon pauvre Geoffrey, nous nous aimons toujours à la folie mais pas ici ni là ni aujourd'hui ni demain. Nous sommes emprisonnés au loin avec notre amour, personnages noyés dans l'ambre. Il nous fallait rester sagement dans cette gangue au lieu de gesticuler, de courir. Notre avidité d'avenir nous a perdus. Nous trouvions le présent déjà caduc, nous le poussions à coups de pied vers avant-hier. Nous aurions dû lui passer la corde au cou, l'attacher à un pieu pour l'empêcher de gambader, de nous distancer, de nous laisser pour compte dans un passé tellement vieux aujourd'hui qu'il nous faudrait toute une vie pour le rejoindre.

Il n'est jamais trop tard pour vivre. Ressaisis-toi si tu es défunt. Il faut de la volonté pour être au monde.

Heureusement que nous n'avons pas eu d'enfant, tu lui aurais donné un bien mauvais exemple. Mais après tout puisque nous nous sommes abstenus, reste défunt si le cœur t'en dit.

Que l'autre soit vivant ou mort, la différence est bien mince quand on veut seulement garder de lui le souvenir de l'avoir aimé. Je te parlais d'ambre par goût de l'ambre dont je voudrais que d'une grosse goutte on forme mon sarcophage afin de continuer à resplendir au travers malgré les ans et les siècles, mais j'ai déjà fait le deuil de notre histoire. C'est à peine si dans un réduit de ma mémoire un croissant de lumière fin comme un trait jette encore sur elle sa clarté.

Tu sais sans doute par ta mère que je me suis résolue à mener la vie d'un satellite. Je circule autour de la terre, étourdie comme un derviche tourneur. Tous les pays sont beaux s'ils défilent, si on n'a pas le temps de s'en lasser à force de les regarder, de les avoir vus, si on s'arrache avant de laisser aux racines le loisir de pousser, de te ficeler à cette nouvelle patrie comme à leur île les cordes des Lilliputiens ce pauvre Gulliver.

Je n'ai pas assez de temps pour éprouver le malheur, le bonheur, la nostalgie de rien. Même dans un fauteuil de première classe, je n'ai pas assez d'espace pour parquer la tristesse ou la joie. Je me vois comme une comète dont la vie n'est qu'une traînée d'étincelles. Des étincelles dans mon dos fleurant le kérosène, les embruns, le goudron bouillant, la neige verglacée des routes qui traversent la steppe sibérienne.

Mort ou vif, je t'embrasse et confie cette lettre aux postes népalaises. Laisse-lui le temps de te parvenir, traverser le pays à dos d'éléphant, la mer à fond de cale, les terres dans la sacoche d'un facteur irrité de devoir pédaler de Vladivostok à Paris pour acheminer un courrier aussi insignifiant.

Grand bien te fasse de vivre et d'être mort pareillement. Je dépose un baiser sur tes lèvres. Si d'aventure tu n'en as plus, j'embrasse mon chéri à ta place afin que ce bienfait ne soit pas perdu.

Noémie

Chère Noémie,

Je vous aime d'un amour d'autant plus sincère et pur que vous n'êtes plus. C'est déplaisant et triste pour une vieille femme comme moi de devoir écrire une lettre de condoléances pleurant la disparition de gens si jeunes qu'elle aurait dû mourir à leur place. Je me plie ce jour à cette nouvelle coutume dont vous avez usé la première à mon endroit, consistant à adresser un courrier aux décédés eux-mêmes, quitte à ce que la missive vous soit renvoyée illico par la poste.

À la mi-juillet, j'ai suivi en fauteuil roulant le convoi funèbre du défunt Geoffrey en suant et maudissant mon instinct maternel dont un reliquat m'avait poussée hors de chez moi pour enterrer un fils qui méritait largement son décès. Bien décidée à ne plus participer à ce genre de cérémonie, je vous sais gré de ne pas m'avoir conviée à vos obsèques.

Votre décès aura eu le mérite d'apporter la preuve de votre absolue démence. Marie-Bérangère d'Aubane ainsi que la soixantaine de petites toquées grâce auxquelles vous vous décliniez ont été déclarées mortes en même temps que vous.

La nouvelle a provoqué une belle panique aux États-Unis, où le *New York Times* est allé jusqu'à évoquer le risque d'une pandémie. La Maison Blanche a dû dépêcher un psychiatre qui bravant le secret médical a révélé au public votre folie. Quelle honte pour notre famille si Geoffrey avait commis l'impair de vous épouser.

Me voilà libérée de l'hôpital, pourtant ma vie se fait chaque jour plus mesquine. Je suis une vieille perruche qui, la barre du déambulateur dans le bec, ne cesse de se traîner vers la croisée pour contempler une dernière fois la promenade Marcel-Proust. Mais dès que je commence à en voir un petit morceau à travers le carreau, elle me repousse, me jette dans un fauteuil trop bas pour que je puisse voir la foule qui longe la mer dont malgré mon ouïe fatiguée j'entends les vagues. Un monde en mouvement, moi lente et l'existence qui de plus en plus me hait, me bouscule, décidée à m'exiler vers l'abstraction, ce pays où les corps manquent cruellement pour pouvoir pratiquer ce merveilleux sport qu'est la vie.

Vous faites partie désormais de ces vivants d'hier. Imbéciles, pauvres morts. Ceux qui vivent encore sont tous des génies à côté d'eux, crânes creux, cendres disparues dans le jardin où on les a jetées, dans le ventre des sardines quand ils ont été assez vaniteux pour les avoir fait disperser dans la mer.

Comme il est commode à présent de vous accabler d'imprécations que vous serez à jamais hors d'état de lire. Je peux à ma guise vider mon fiel et les dernières gouttes de miel qu'en le pressant comme un vieux citron mon cœur exprime encore. Pardonnez ces taquineries à une vieille qui à tombeau ouvert vous rejoint.

Malgré votre état, efforcez-vous de me faire savoir le sort dont vous rêvez pour vos toiles. Je peux louer une cave pour la transformer en petit musée que visiteront les cancrelats ou les donner à une œuvre de bienfaisance afin qu'elle les offre en cadeaux de fin d'année à des sans-abri qui s'en feront des coupe-vent après les avoir fendues d'un coup de canif.

Vous vous souvenez peut-être que mon notaire avait pris l'absurde décision de vous faire tester en ma faveur le jour où fut officialisée en son étude la donation de ma villa de Menton? Vous avez ri avec votre greluchon en apposant votre paraphe. Dame, une octogénaire hérite rarement d'une jeunesse. C'est pourtant le cas aujourd'hui. Malgré ma tristesse, je me réjouis de mon aisance retrouvée. Je viens de renvoyer l'étudiant qui occupait ma chambre pour ce loyer ridicule dont je pourrai me passer désormais.

Vous n'auriez pas dû choisir de vous enivrer de voyages. Un continent est une chose sérieuse, on ne le saute pas avec désinvolture comme un mouton. Les océans sont des monstres qui ont toujours inspiré à l'homme une sainte terreur, pas des mares dont les navires seraient les canards. Les fuseaux horaires constituent un quadrillage sacré qui recouvre la planète comme notre tête ces filets que les coiffeurs installent pour mettre en plis notre chevelure fraîchement lavée. Une terre ébouriffée, voilà bien l'image que vous vous faisiez d'elle. Elle s'est vengée et même si je regrette sa décision, je comprends cette dame qui souffrant d'un immémorial tournis est bien excusable de s'être montrée soupe au lait envers un petit couple d'arrogants.

Un avion qui s'écrase, un paquebot qui se retrouve au fond de l'eau, une voiture qui éclate au fond d'un ravin, rien n'est aussi banal. Mais crever de la peste comme une moyenâgeuse dans un palace de San Francisco ? Soi-disant parce qu'un restaurant gastronomique vous aurait servi un plat de rat en place de civet de lièvre ? C'est trop absurde pour n'être point la vengeance de la Terre qui aura extrait une malfaisante créature de ses bas-fonds afin d'avoir raison de votre orgueil.

Ils meurent ainsi les orgueilleux. Ils trépassent d'un mal grotesque, périssent empalés sur un paratonnerre, de septicémie après avoir eu leur intimité sabrée par une gourgandine, finissent comme vous noircis sur un drap rougi par les rayons du soleil en train de se coucher sur Ocean Beach tandis qu'à l'horizon les surfeurs exultent en escaladant les vagues.

N'hésitez pas à me donner des nouvelles du paradis, du purgatoire, de l'enfer, du néant ou des champs Élysées. Les vieilles personnes aiment à lire les témoignages des touristes qui ont visité les lieux de leur future villégiature. Pleut-il après le trépas, faut-il prévoir un ciré à capuche ? En tout cas si la neige est bonne chez les morts n'omettez pas de me le dire, je demanderai qu'on m'enterre dans une luge à baldaquin.

Êtes-vous au moins satisfaite de votre garde-robe ? Avez-vous emporté assez de bagages ? Fallait-il demander aux croque-morts de vous vêtir chaudement, de vous enfiler une simple chemise de lin, de bourrer votre bière de provisions ou de vous emmailloter de bandelettes et vous poser l'obole sur la langue ?

Mais le temps de sortir vivante d'une overdose, de traverser une cure de désintoxication, de trouver le courage d'écrire à une ombre et vous voilà morte depuis six semaines. Il est un peu tard à présent pour s'occuper de ces détails.

Un jour l'univers retournera comme une bouffée à la lampe magique d'où il est sorti il y a une infinité d'années. On ne saura jamais rien du vœu exaucé qui aura eu ces conséquences hurluberlues.

Si je parviens jusqu'à l'espagnolette, je jetterai cette lettre par la fenêtre. Elle flottera dans l'air torride avant d'atterrir sur le trottoir et de se déliter quand éclatera l'orage promis par la météo pour rafraîchir les gens de Cabourg.

Jeanne

Du même auteur

Seule au milieu d'elle
Denoël, 1985

Les Gouttes
Denoël, 1985

Cet extrême amour
Denoël, 1986

Sur un tableau noir
Gallimard, 1993

Stricte intimité
Julliard, 1996
et « Folio », n° 4971

Histoire d'amour
Verticales, 1998
et « Folio », n° 3186

Clémence Picot
Verticales, 1999
et « Folio », n° 3443

Fragments de la vie des gens
Verticales, 2000
et « Folio », n° 3584

Autobiographie
Verticales, 2000
et « Folio », n° 4374

Promenade
Verticales, 2001
et « Folio », n° 3816

Les Jeux de plage
Verticales, 2002

Univers, univers
prix Décembre
Verticales, 2003
et « Folio », n° 4170

L'enfance est un rêve d'enfant
Verticales, 2004
et « Folio », n° 4777

Asiles de fous
prix Femina
Gallimard, 2005
et « Folio », n° 4496

Microfictions
prix France Culture/Télérama
Gallimard, 2007
et « Folio », n° 4719

Lacrimosa
Gallimard, 2008
et « Folio », n° 5148

Ce que c'est que l'amour
et autres microfictions
« Folio », n° 4916

Sévère
Seuil, 2010
et « Points », n° P2591

Tibère et Marjorie
Seuil, 2010
et « Points », n° P2785

Claustria
Seuil, 2012
et « Points », n° P2950

La Ballade de Rikers Island
Seuil, 2014
et « Points », n° P4018

Bravo
Seuil, 2015

RÉALISATION : PAO ÉDITIONS DU SEUIL
IMPRESSION : CPI FRANCE
DÉPÔT LÉGAL : AOÛT 2016. N° 130995 (135764)
Imprimé en France